Strukibein –
einfach „timmlisch"

Kleine Geschichten aus meiner Kindheit
in Timmel up Platt und auf Hochdeutsch

von Anita Rabenstein

Impressum

Strukibein – einfach „timmlisch"
Kleine Geschichten aus meiner Kindheit in Timmel up Platt und auf Hochdeutsch

von Anita Rabenstein

2. Auflage vom 1. September 2014

(Hrsg.) V.i.S.P:	Adlerstein Verlag
	Hans-Jürgen Sträter
	Wacholderstr. 26
	26639 Wiesmoor
Tel.:	04944-5815
Fax:	04944-5839
Email:	kontakt @ adlerstein.de
Internet:	www.adlerstein-verlag.de
Herstellung und Verlag:	Books on Demand, Norderstedt
ISBN-Nr.:	978-3-735782-45-8
Fotos:	Anita Rabenstein

Timmel liegt mitten unterm Himmel

Inhalt

Zum Geleit

Das vorliegende Buch von Anita Rabenstein wurde zwei-sprachig verfasst, in Plattdeutsch und in Hochdeutsch.

Plattdeutsch, in Ostfriesland sehr beliebt, ist jedoch eigentlich keine „Schriftsprache" und deshalb gibt es, selbst innerhalb von Ostfriesland, verschiedene Schreibweisen.

Eine Vermischung dieser unterschiedlichen Schreibweisen tritt verständlicherweise dann auf, wenn man in verschiedenen Orten aufgewachsen und gelebt hat.

Unsere Autorin hat die ersten zwanzig Jahre ihres Lebens in Timmel verbracht und dann folgten weitere zwanzig Jahre im Harlingerland. Entsprechend individuell hat sich deshalb ihre plattdeutsche Sprache entwickelt, zu der sie auch steht.
Anita Rabenstein liebt „Plattdütsch", ihre zahlreichen Aufsätze und Kolumnen in regionalen Zeitungen sind ein Beweis dafür.

„Plattdütsch" ist nicht nur eine sehr alte, sondern heute auch eine sehr lebendige Sprache. Und ganz natürlich werden hier moderne und neue Worte integriert.

Erstaunlicherweise wird „Plattdütsch" auch immer beliebter. Dazu möchte dieses Buch gerne einen Beitrag leisten.

Der Herausgeber

Strukibein

Wie bin ich nur auf diesen Namen gekommen. Das Kind, das ich früher ausgefahren habe, heißt Brunhilde, „Strukibein".
Das war wohl ihr Kose-Spitzname, von mir erfunden.
Ich hatte auch mehrere Namen, Nana, Nita, Maiti, Rabbi und später, Petzi.

Neulich hörte ich meinen Anrufbeantworter ab, und nach langen, langen Jahren, wollte Brunhilde mit mir sprechen.
Sie wollte mich einladen, zum Timmler Jubiläum, Eintausend-einhundertelf Jahre Timmel.

Also, was da in mir vorging, kann ich nicht beschreiben, sechzig Jahre habe ich dieses Wort nicht mehr gehört.
Brunhilde meinte, ihr wäre das auch einfach so aus dem Bauch gekommen. „Strukibein" lässt sich mit nichts verbinden.
Aber seit der Zeit, fallen mir laufend Geschichten aus meiner Kinderzeit in Timmel ein. So, als hätte ich auf einen Knopf gedrückt. Die waren wohl bei mir auf einer Festplatte, sozusagen.

Aber durch „Strukibein" sind sie aktiviert worden. Von innen bin ich wohl angestoßen worden, ich sollte ein Buch daraus machen. Titel „Strukibein, Geschichten aus meiner Kinderzeit in „Timmel, mitten unterm Himmel."

Ein Dank an Strukibein, das Wort hat alles in gang gesetzt. Nun steht es hier auf dem Papier.

Strukibein

Wo bün ick blos up disse Nam´ komm´m. Dat Kind, wat ick fröhr utfahrn hebb, heet Brunhilde, „Strukibein", wär wall hör Kose- oder Spitznam´.

Van mi utdacht. Ick har ok mehr Nam´n, Nita, Nana, Maiti, Rabbi, un Petzi, de Nam´quemm laater darto.
Neelich hörte ick mien Anroopbeantworter aff, un na lange, lange Jahr´n, wull Brunhilde mit mi proot´n.
Se wull mi inlaad´n to dat Timmler Jubiläum, Eendusenden-hunnertelf Jahr Timmel. To´n Schluss, sä se:

„Raup eb´n torüch, hier is Brunhilde, Strukibein."

Also, wat da in mi vörgäng, kann ick he nich beschriev´n, zesstig Jahr hebb ick dat Wort nich mehr hört. Brunhilde meente, hör wär dat ok so eenfach ut Lief komm´m.

„Strukibein" lätt sück mit nix verbinn´n. Aber siet de Tiet, falln mi laufend Geschichten ut mien Kinnertiet in Timmel in, so, as wenn ick up een Knopp drückt har. De wär´n wall bi mi up een Festplatte, sotoseggen, aber dör Strukibein sünd se aktiert war´n.

Van binn´n bün ick wall anstött´t war´n, dat ick da een Book ut maak´n shull. Titel „Strukibein", lütje Geschichten ut mien Kinnertiet in „Timmel, miernt unnert Himmel."
Een Dank an „Strukibein", dat Wort hett dat all in gang sett´t.
Nu steiht dat hier, up dat Papier.

11

Makronen

Makronen, das sind so leckere Plätzchen, süß, mit Cocosraspel, Eischnee, Zucker und etwas Mehl gebacken.
Aber die Makronen, die ich meine, die gibt es heute wohl nicht mehr. Das war ein besonderes Rezept von unserem damaligen Bäcker im kleinen Dorf Timmel.

Es war wohl so im Jahre 1945/46, gleich nach dem Krieg, da gab es keine echten Bonbons und keine Schokolade.

Wenn wir Kinder Appetit auf etwas Süßes hatten, stiebitzten wir Kandis mit Faden aus dem Kluntjetopf.
Die bissen wir mit den Zähnen in kleine Stückchen, auch mal mit dem Hammer, den wir in der Scheune fanden.
Dann ging das Geschlicker los, hmmm.

Manchmal bekamen wir davon Zahnschmerzen, aber das verging auch schnell wieder. Meine Mutter schimpfte, wenn so wenig Kandis im Topf waren, aber natürlich war es von uns niemand gewesen.

Aber nun will ich von den leckeren Makronen erzählen, die waren in einer Trommel, hinten auf dem Küchenschrank.
So schnell konnte ich da nicht dran kommen, weil ich noch zu klein war.

Wenn ich einkaufen ging, klaute ich mir schnell zwei von den süßen Keksen aus der Tüte. Das fiel weiter nicht auf.
Es war ein Genuß!

Makron´n

Makron´n, dat sünd soo lecker Kookjes, sööt, mit Cocosraspel, Eischnee, un ok wall mit Mehl un Zucker backt.
Aber de Makron´n, de ick meen, de gifft dat wall vandaag´ nich mehr. Dat wär een besünner Rezept van uns Backer int Dörp in Timmel.

Dat wär wall so um 1945/46, gliek na de Krieg, da gaff dat kien rechtschaapen Boitjes un Schokolaa.

Wenn wi Kinner Jank up wat Söötes harn, stiebitzten wi Kluntjes mit Faad´n ut de Kluntjepott, un beeten de mit uns Tann´n in lütje Stücken, oder mit ´n Hammer, de wi in de Schüür funn´n. Denn gäng dat Geschlicker los, hm.

Mennigmal kreeg´n wi ook wat Kuuspien, aber dat vergäng meest ok gau wer. Faaker schull mien Mooder, wenn so minn Kluntjes in de Pott wärn, aber kieneen har dar bie west.
Aber nu will ick van de lecker Makronn´n vertelln. De wärn in een Trumm achter up de Köökenschapp. So gau kunn ick dar nich biekomm´m, wiel ick noch to lütjet wär.

Wenn ick de bi de Backer inkoopen dä, klaute ick mi all meest twee ut de Tüüt, dat full wall wieder nich up. Dat wär´n Genuß! Mien Mooder wahrschau uns: „Goht mi nich bi de Kookentrumm, anners hebb ick, wenn Versiet´ kummt, kien Kookje biet Tee!"

Eenes Daag´s kunn ick dat nich mehr utholl´n so´n Jank har ick up Makron´n.

Meine Mutter drohte uns:
„Geht mir nicht bei der Kuchentrommel! Sonst habe ich, wenn Besuch kommt, keine Kekse beim Tee!"

Eines Tages konnte ich es nicht mehr aushalten, hatte so einen Hunger auf Makronen.
Ich wartete schon sehnlichst darauf, dass meine Mutter die Zeitung zu dem Nachbarn bringen würde. Als sie aus der Tür ging, rief ich ihr zu: „Mama, bist du schon weg?"
Das kam ihr wohl komisch vor, und ich hörte die Tür klappen. Schnell holte ich mir das Stöfchen, rannte zum Schrank, zur Kuchentrommel.

Ich hatte gerade den Deckel hoch, als es ans Fenster klopfte: „Willst du wohl bei den Keksen wegbleiben!?" Mein Herz klopfte mir aus den Ohren, und ich stellte schnell das Stöfchen wieder unter den Tisch:

„Nun habe ich dich beim Stiebitzen ertappt!"

Ich stritt das aber energisch ab. Das machte meine Mutter so richtig wütend. Ich bekam einige Klappse auf das Hinterteil. Sie meinte: „Wenn du die Wahrheit gesagt hättest, und nicht gelogen, hätte ich dir welche gegeben, aber dafür bekommst du einen Klaps für das Lügen."

Und die Moral von der Geschicht, seit dem sage ich immer die Wahrheit, und lügen tu ich nicht. Und die Makronen? ---
Die sind mir heute zu süß.

Luurte dar all sehnlchst up, dat mien Mooder de Zeitung na de Naaber breng´n dä. As se to de Döör rutgäng, reep ick hör to, „Mamma, büst Du all weg?" Dat quem hör wall komisch vör, un ick hörte de Döör klappen.

Gau holte ick mi dat Stööfchen, un na dat Schapp mit de Kookentrumm. Ick har neddeergraad de Deckel hoch, as dat an dat Fenster kloppen dä.
Ick hörte de Stimm van mien Mooder: „Wullt Du wall eben bi de Kokjes wegblieben!?"

Mien Hart kloppte mi ut de Ohr´n un ick stellte gau dat Stööfchen wer unner de Disch, as mien Mooder in de Kööken quemm.
„Nu hebb ick di endlich mal biet´t Streinchen ertappt!"

Ick stree dat aber total aff, un dat mook mien Mooder so richtig düll, ick kreeg´n paar Klapps up mien Achterend. Se sä: „Wenn du de Wahrheit seggt harst, oder mi fraagt harst, har ick di wecke geben, aber nu kriechst Du´n Laag vör dat Leegen."

Un de Moral van de Geschicht, ick segg alltiet de Wahrheit, un leegen doo ick nich. Un de Makron´n? De sünd mi vandaag to sööt.

Schlittschuhlaufen auf dem Bookzeteler Meer

Als ich noch ein Kind war, gab es noch viel Eis und Schnee. Wir Kinder saßen nicht zuhause herum, so wie heute viele Kinder, die hauptsächlich vor dem Fernseher oder vor dem Computer sitzen.

Unsere Hände und Zehen waren manchmal vom Frost steif gefroren. Wenn die aber erst einmal richtig durchgekühlt waren, merkten wir nichts mehr davon.

Schlittschuhlaufen lernen war selbstverständlich, erst einmal auf geschnürten Schlittschuhen, (Holländer) dann kamen die Schraubendampfer in Mode.

Aber dazu brauchte man stabile, hohe Schuhe, die ich leider nicht hatte. Ich musste sie mir jedes Mal von meiner Freundin ausleihen. Mein kleiner Konfirmandenfreund Werner schööfelte von Großefehn auf dem Kanal entlang nach Timmel.

Von ihm lernte ich das Bogenschööfeln. Ich mochte ihn sehr gern, das wusste er aber nicht. Wenn ich ihn von Weitem sah, fing mein Herz an zu klopfen. Wenn er dann gegen Abend wieder am Kanal entlang gen Großefehn schööfelte, sah ich ihm noch lange hinterher.

Wenn dann die Sonne über dem Bookzeteler Meer unterging, kam Trauer in mein Herz. Das spüre ich heute noch, wenn ich daran denke.

Manchmal schööfelten wir auch in einer langen Schlange, der Letzte musste aufpassen, dass er nicht ins Schleudern kam.

Das konnte gefährlich werden. Einmal in so einer Schlange, sprang ein langer Riss in das Eis, ich hatte solche Angst, und dachte, wir würden einbrechen, und im Meer versinken.

Schööfeln up´t Bookzeteler Meer

As ick Kind wär, gaff dat noch vööl Iis un Schnee. Wi Kinner satten nich in Huus herum, so as vandaag´ vööl Kinner, de hauptsächlich vör´t Fernseher oder and´t Computer, sitten.

Uns Hann´n un Töön´n wär´n stief van Fröst, wenn de aber erst mal dörkull´n wär´n, kunn uns dat nix mehr anhemm´m. Schööfeln lern´n, wär selbstverständlich, erst mal lern´n up Schnöörschööfels (Holländer) denn käm´m de Schruuben-dampers in Mood´.

Aber darto brukte man stabile hoge Schoh, de har ick leider nich, un muss mi de alltiet van mien Fründin utleen´n. Mien lütje Konfirmandenfründ Werner, schööfelte van Groot-fehn, up´t Deep lang, na Timmel, van hum lernte ick dat Bogenschööfeln. Ick much hum ok heel gern lied´n, dat wuß he aber nich. Wenn ick hum van Wied´n to seh´n greeg, fung mien Hart an to kloppen. Wenn he denn wer ant Kanal lang no´t Fehn schööfeln dä, keek ick hum noch lang ´na. Wenn de Sünn´ övert Boozeteler Meer unnergäng, wär mien Hart direkt truurig.

Dat spöör ick vandaag noch, wenn ick daran denk´. Mennigmal schööfelten wi ok in een langen Schlang´, de Letzte muss uppassen, dat he nich int Schleudern quemm, dat kunn gefährlich ward´n. Eenmal in so een Schlang´, sprung´n lange Reet in das Iis, ick greeg dat mit de Angst to doon, un dach, wi würd´n inbreek´n, un int Bookzeteler Meer unnergahn.

Wenn ich nach Hause kam, war das wunderbar. Meine Mutter tat Feuer in das Stövchen, dann saßen wir gemütlich und warm in der Küche.

Ich bekam heißen Kakao, Milch oder Tee in einer Kindertasse, mit Kluntje und Sahne, hm, dann war die Welt für mich wieder in Ordnung.

Wenn ick na Huus quemm, wär dat wunnerbar, mien Mooder dä Füür int Stööfchen, denn satten wi gemütlich un warm in uns Köök´n, mien Mooder strickte, un ick kreeg heet Kakao, oder Melk, denn wär de Welt för mi wer upsteh.

Der Weihnachtsmann

Timmel 1946

Ich war fast sieben Jahre alt, als ich eines Abends im Halbdunkeln auf dem Graben hinter dem Haus auf dem Eis am Schlittern war. Mit einem kurzen Blick sah ich plötzlich etwas Rotes um die Ecke kommen.

Vor Schreck blieb mir der Verstand fast stehen.

Konnte das sein? Der Weihnachtsmann!!

Ich setzte mich in Bewegung, und lief hinter ihm her.

Er stolperte über den gefrorenen Acker hinter unserm Haus entlang. Aus seinem Rucksack lugte der Kopf einer Puppe hervor. Eine Puppe!!

Das war sicher meine, die ich mir so sehnlichst wünschte.

Ich rief hinter ihm her: „Weihnachtsmann, bringst Du mir eine Puppe?" Dann war er auch schon um die Ecke eines Hauses verschwunden.

Ich schrie meine Mutter herbei:

„Ich habe den Weihnachtmann gesehen!!"

Ich kannte ihn nur aus einem Bilderbuch, aber in echt, nein so etwas!

Meine Mutter freute sich mit mir. Nun bekomme ich bestimmt meine Puppe.

Damals war das nicht so wie heute, dass kurz vor Weihnachten überall im Dorf Weihnachtsmänner herumliefen, und meine Mutter meinte: „Der Weihnachtsmann hat sicher nicht so viel Geld, für so eine große Puppe, mit langen Haaren."

De Wiehnachtsmann

Timmel 1946

Ick wär bald 7 Jahr alt, as ick eenes Abends in Halfdüster,
noch vör de Döör, up Schloot, up dat Iis ant Schliddern wär.
Upeenmal sach ick mit so´n Schamp wat Root´s um de Eck´
komm´m.
Vör Schreck bleev mi de Verstand bold stahn.
Kunn dat angahn? De Wiehnachtsmann!!

Denn setde ick mi in Bewegung, un lääp achter hüm an.
He stolperte över de gefror´n Acker achter uns Huus lang.
Ut sien Rucksack keek ´n Puppenkopp, een Pupp!
Dat wär seeker mien Pupp, de ick mi wünschen dä.

Ick reep achter hum an:
„Wiehnachtsmann, brengst du mi een Pupp?"
Denn was he um een Huuseck´ verschwunn´n. Ick reep na
mien Mooder: „Ick hebb de Wiehnachtsmann sehn!!"

Ick kennte de blos van´n Billerbauk, aber in echt, ne sowat!
Mien Mooder freite sück mit mi. Nu krieg ick bestimmt mien
Pupp. Damals wär dat nich so as vandaag´, dat kört vör Wiehnachten, bi uns int Döörp överall Wiehnachtsmänner herum-
lääp´n. Jedenfalls sä mien Mooder: „De Wiehnachtsmann hett
seeker nich so vööl Geld vör een groode Pupp mit lang´ Haar."

Aber mien Fründin har letzt Jahr ok ´n Pupp kreeg´n, un de
wär nich so leev west as ick. Leider kreeg ick wer kien groot´n
Pupp, nee, bloß sonn lütje, sülmgemaakt´e mit Flechten ut
Garn. Aber de har ick denn ok heel leev.

Aber meiner Freundin hatte er im im letzten Jahr Weihnachten auch so eine große Puppe gebracht.

Die war nicht so lieb gewesen wie ich. -

Leider bekam ich auch in diesem Jahr keine große Puppe, nur so eine kleine, selbstgemachte, mit Haaren aus Wollgarn.

Aber die hatte ich schließlich auch lieb.

Erst als ich fünfzig Jahre alt war habe ich mir den Puppenwunsch erfüllt.

Sie saß eines Tages in einem Schaufenster auf einem Stuhl und sah mich unverwandt an, als ich bei meiner Mutter in Timmel zu Besuch war. Sie sitzt nun in meinem Schlafzimmer in einem Schaukelstuhl, und sie bewacht nachts meinen Schlaf.

Ihr Name ist Babette. Nun habe ich mich wieder mit dem Weihnachtsmann versöhnt. -

Erst as ick fieftig Jahr alt wär, hebb ick mi sülmst de Wunsch erfüllt.

De groode Pupp´ satt eenes Daag´s in een Schaufenster up´n Stohl un keek mi an.

As ick in Timmel bi mien Mooder up Versiet wär. Se sitt nu bi mi int Schlaapkammer in een Schuukelstohl, un bewacht mien Schlaap.

Hör Nam´ is Babette. Nu hebb ick mi innerlich wer mit de Wiehnachtsmann verdraag´n.

Ein Stück Schokolade

Meine Freundin Anni und ich waren jeden Tag zusammen. Mittagessen, Schularbeiten, gleich danach stand sie auch schon wieder bei uns vor der Tür, um nach mir zu rufen.

Einmal kamen wir gerade von der Schule, ihre Eltern waren auf dem Feld, sie hatten eine kleine Landwirtschaft.
Zuhause holte Anni eine ganze Tafel Schokolade aus dem Schrank. Ich machte große Augen, in der Zeit damals war Schokolade noch Mangelware.
Die gab es nicht stapelweise im Supermarkt. Wir waren wohl so zehn Jahre alt. Ob sie das nun glauben, oder nicht, sie aß die ganze Tafel auf einmal auf, als wäre es ein Stück Brot.

Sie hat mir nicht ein Stücken abgegeben. Ich glaube noch nicht einmal, dass sie sich dabei etwas dachte, sie hatte einfach großen Hunger. Das erzählte ich zuhause, ich tat meiner Mutter so leid, dass ich dabei zusehen musste.

Wir hatten nicht viel Geld, aber sie drückte mir am nächsten Tag eine Mark in die Hand, und meinte: „Dafür kaufst du dir eine Tafel Schokolade, und Anni lässt du zusehen wenn du sie ist.“

Nach der Schule holte ich Brunhilde ab, die ich damals im Kinderwagen ausfahren durfte. Sie war so ein süßes Kind.
Anni war auch dabei, ich lief in den Laden und holte mir die Schokolade.
Wir saßen gemütlich am Grabenrand, und schaukelten das Kind im Wagen.

Een Stück Schokolaad´

Mien Fründin Anni un ick wärn elke Dag tosamm´m.
Middageet´n, Schoolarbeid´n, denn stunn se ok all weer bi uns
vör de Döör, um na mi to raup´n.

Eenmal quemm´m wi ok van de School, hör Oll´rn wärn up
dat Feld, se har´n ´n Buurderee. Un Anni holte sück´n heel
Tafel Schokolaad´ ut dat Schapp.

Ick har grood´ Oogen, in de Tiet wär Schokolaad´ noch knapp,
un de gaff dat nich staapelwies in een Supermarkt. Wi wär´n
wall so ungefähr tein Jahr alt. Aff se dat nu lööven oder nich,
jedenfalls hett se de heele Tafel upeeten, as wenn dat´n Stück
Brot wär. Se hett mi nich een Stück affgeven.
Ick lööv noch nich mal, dat se sück dabi wat dacht hett, se har
eenfach Schmacht.

Ick vertellte dat in Huus, un mien Mooder dä dat so leed, dat
ick darbi tookieken muss.
Wi har´n nich vööl Geld, aber se drückte mi an den annern
Dag een Markstück in de Hand, un meente: „Du köffst di een
Tafel Schokolaad´, un Anni dürt tookiek´n, wenn du de upeet
´n deist.“ Na de School holte ick Brunhilde aff, de ick damals
utfahr´n dürs, in Kinnerwagen. Dat wär so´n nüüd´ Kind.

Anni wär ok bi mi, un ik lääp na de Laad´n, un holte mi de
Schokolaad´.
Wi satten gemütlich ant Schlootskant un schuukelten dat Kind
in de Wagen.

Ich wickelte die Tafel aus, und fing an zu essen. Ich konnte es fast nicht übers Herz bringen, aber meine Mutter wollte das so. Anni kratzt mit ihren Füßen im Sand herum und rückte Stück für Stück von mir ab, dann lief sie, so schnell sie konnte nach Hause.

Die ganze Tafel konnte ich nicht essen aber meine Mutter meinte: „Anni muss das erleben, das Gefühl, nichts abzubekommen.“

Wir spielten auch wieder miteinander, so, als wäre nichts passiert. Später erzählte ich ihr das Spiel, seit der Zeit teilten wir unsere Süßigkeiten miteinander.

Und die Moral von der Geschicht, Kinder sind noch sehr auf sich selbst bezogen, lernen das Abgeben von sich aus oft nicht.

Ick wickelte de Tafel ut un fung an to eet´n. Ick kunn dat hast nich, aber mien Mooder wull dat so.

Anni kraabte mit hör Foot´ int Sand herum un heel verleeg´n rückte se Stück för Stück van mi weg, un se lääp so gau se kunn, na Huus.

De heele Tafel kunn ick nich eet´n, aber mien Mooder meente, Anni muss dat beleeven, dat Geföhl, nix afftokrieg´n.

Wi spöölten ok wer mitnanner, as wenn nix passert wär, denn vertellte ick hör dat Spill, siet de Tiet hemmt wi uns Söötig-keiten mitnanner deelt.

Un de Moral van de Geschicht, Kinner sünd noch up sück sümst betrucken, un ler´n dat Affgeven van sück ut faaker nich.

Zehn Pfennig

Das können die Kinder von heute sich sicher auch nicht mehr vorstellen, wir bekamen damals kein Taschengeld.
Vielleicht mal zehn Pfennig (einen Groschen).
Vom Kaufmann um die Ecke, Onnen, bekamen wir dafür eine kleine Spitztüte mit Bonbons. Wir sagten immer unseren Spruch auf: „Für zehn Pfennig Bonbons, wo es am meisten von gibt." Oder wir kauften uns eine Lakritzschlange. Das war meine liebste Süßigkeit. Aber wie sollte ich zu Geld kommen.
Also, meine Mutter hatte in der Schublade eine Zigarrenkiste mit Zehn- und Fünfpfennigstücken. Ich hatte eine Idee, was macht man nicht alles, wenn man in Geldnot ist und Gier auf Süßigkeiten hat. Ich nahm einen Groschen, und versteckte den unter diese Kiste. Ich wollte wissen, ob meine Mutter das merken würde, das da vielleicht etwas fehlt.

Am nächsten Tag lugte ich unter den Kasten, ob das Geldstück noch da war. Dann wartete ich noch einen Tag. Dann holte ich mir das Geld, und kaufte mir die langersehnte Lakritzschlange. Suchte mir einen stillen Platz und biss genüsslich, ganz langsam in die Schlange. Hmmm, den Geschmack habe ich noch heute im Mund, wenn ich daran denke. Mit diesem Trick habe ich lange gearbeitet. So kam ich zu meinem kleinen Taschengeld, und meinen Süßigkeiten. All zu oft ging das natürlich nicht, dann wäre es meiner Mutter sicherlich aufgefallen.
Ich bin mir heute sicher, dass sie nichts davon gewusst hat.

Schade eigentlich, diese Geschichte hätte ich ihr heute gerne erzählt, wenn sie noch leben würde. Ich weiß, sie hätte von Herzen darüber gelacht.

Tein Pennings

Dat könnt de Kinner Vandaag´ sück seeker ok nich mehr vörstellen, wi kreeg´n damals kien Taschengeld. Viellicht mal tein Penning (een Groschen). Van de Koopmann um de Ecke, Onnen, geev dat denn een lütje Spitztüt mit Boitjes, wi seggten immer uns Spröök up: „Vör Tein Penning Boitjes, war dat am meesten van gifft." Oder wi holten uns een Lakritzschlang´. Dat wär mien leevste Söötigkeit. Aber wo shull ick to mien Geld komm´m.

Also, mien Mooder har so een Zigarr´nkast in de Schuuflaad´, da har se Tein- un Fiefpenningstücken in. Ick har dar een Idee, wat deit man nich allns, wenn man in Geldnot is un Jank up wat Sööt´s hett. Ick nahm een Groschen, un verstook de unner de Zigarrenkist´. Ich wull weeten, aff mien Mooder dar achter-käm, dat dar wat fehlt. An de anner Dag luugte ick unner de Kist´, aff dat Geldstück dar noch liggen dä. Dann wachte ick noch een Dag, un denn holte ich mi dat Geld un köffte mi de langersehnte Lakritzschlang´.

Söchte mi een stillen Platz, un heel langsam un genüsslich beet ick in de Schlang, hmm, de Geschmack hebb ick vandaag ´ noch in mien Mund. Mit disse Trick hebb ick lang´ arbeit´t, so quemm ich to mien lütje Taschengeld un mien Söötgkeiten. Alltofaaker gäng dat natürlich nich, denn wär mien Mooder dar achterkomm´m. Ick bün mi vandaag seeker, dat se nix darvan wußt hett.
Schaad´ eegentlich, disse Geschicht har ick hör nu gern vertellt, wenn se noch ant Leeb´n wär. Ick bün mi seeker, se har van Hart´n daröver lacht.

Ein Liter Milch

Als ich so um die acht Jahre alt war, musste ich jeden Abend eine Kanne Milch von einem Bauern holen. Meist ging meine Freundin Anneliese mit mir. Oft war das am Abend schon dunkel, aber wir hatten unterwegs viel Spaß.

Der Bauer wohnte ziemlich am Ende von unserem Dorf.
Eines Abends waren wir unterwegs auch einmal wieder am Herumtollen.
Ich wollte meiner Freundin zeigen, wenn ich die volle Milch-kanne nach oben herumschleudere, würde die Milch in der Kanne bleiben. Aber ich stolperte, und fiel lang hin, und die Milch lief über die Straße.

Was sollte ich nur zu Hause erzählen, denn schimpfen konnte meine Mutter laut und tüchtig, wenn ich auch wohl keine Schläge bekommen würde. Ich traute mich nicht nach Hause.
Meine Freundin meinte: „Sage doch einfach, Jungs sind hinter uns her gewesen, deshalb bist du gefallen."
Also, der Bernhard war sowieso immer hinter uns her, und ich sagte meiner Mutter, er hätte mich geschubst, und wäre gefallen.

Heute wäre das alles kein Problem gewesen, aber damals war die Milch knapp, und uns stand, meiner Meinung nach, auch wohl nur ein Liter Milch zu, wenn noch ein Säugling im Haus war.
Das Schlimmste kommt nun erst, mein Bruder sollte mit mir zu der Mutter von Bernhard gehen, die sollte uns die Milch ersetzen. Die hatten eine Kuh.

Een Liter Melk

As ick so um de acht Jahr alt wär, muss ich jeden Abend een Bumke Melk van een Buur hol´n. Meest gäng mien Fründin Anneliese mit mi. Vaaker wär dat abends ok all düster.
Aber wi har´n alltiet Spaß unnerweg´ns. De Buur wohnte teem-lich ant End´ van uns Döörp.

Enes Abends, wärn wi unnerweg´ns ant Juchtern, un ick wull mien Fründin wiesen, wenn ick de vulle Melkbumm so na bob ´n int Rund´ schleudern dä,
wür de Melk in de Kann´ bliev´n. Aber ich quemm darbi ant strumpeln un full lang hen, un de heele Melk lääp up de Straat, - Wat shull ick nu in Huus vertell´n, denn schelln kunn mien Mooder luut un düchtig, wenn ick ok kien Laag´ krieg´n dä, aber ick traute mi nich na Huus.
Mien Fründin meente: „Sage doch einfach, Jungs sind hinter uns hergewesen, und du bist dann gefall´n."
Also, Bernhard wär sowiso alltiet achter uns an, un ick vertellte mien Mooder, he har mi schubst, un darum wär ich henfall´n.
Vandaag´ wär dat ja he kien Problem west, aber damals wär Melk knapp, un uns stunn, na mien Menn´n, blos een Liter Melk to, wenn noch een Säugling in Huus wär.
Dat Schlimmste kummt nu erst, mien Bröör shull nu mit mi na de Mooder van Bernhard gahn, de shulln dat Liter Melk ersett ´n, se har´n een Koh.

As wi da anquemm´n, wär de Mooder van Bernhard heel erstaunt, denn hör Jung wär nich in Huus, nämlich siet güstern bi sien Oma, in Warsingsfehn, sä se.

Als wir da ankamen, war die Mutter bass erstaunt, denn ihr Junge sei gar nicht zu Hause, sondern bei seiner Oma in Warsingsfehn. Die Mutter schimpfte mich aus: „Wie kommst du nur darauf, so zu lügen, von mir bekommt ihr keinen Tropfen Milch!"

Ich fing an zu weinen, und behauptete doch tatsächlich, Bernhard hätte mich sehr wohl geschubst. Die Frau wurde so wütend, und drängte uns aus dem Haus.
Wir trippelten mit unserer leeren Milchkanne wieder nach Hause. Ich musste noch einmal wieder Geschimpfe über mich ergehen lassen.

Ich räumte dann aber ein, dass ich im Dunkeln den Jungen für Bernhard gehalten hatte. Klein Annegret bekam dann wohl Wasserbrei in ihrer Baby-Flasche.

Und die Moral von der Geschicht, aus Angst zu lügen, bringt nichts, da kommen noch viele Lügen hinterher.

De Mooder schull mi ut: „Wo kummst Du da up, so to leeg´n, van mi krieg´n ji kien Drüpp Melk!"

Ick fung an to blaad´n un behauptete doch tatsächlich, dat Bernhard mi wall stött har.

De Frau wär so düll, dat se uns ut hör Huus drängte.

Wi mussen mit uns leech Melkbummke wer na Huus. Noch mal wer een Geschell, ick meente denn, viellicht hebb ich dat in Düstern nich erkennen kunnt, well dat nu genau wär.

Lütje Annegret kreeg denn wall Waterbree in hör Tittbuddel.

Un de Moral van de Geschicht, ut Angst to leeg´n brengt nix, da komm´m noch mehr Löög´ns achter an.

Hektor

Hektor war der Hund von unseren Nachbarn, ein scharfer Schäferhund. Er stand hinterm Haus auf dem Rasen und bellte jeden an, der in seine Nähe kam.

Wenn wir als Kinder auf dem Weg liefen, wollten wir ihn ärgern und riefen ihm zu: „Hektor, wuff, Hektor, wuff!"

Der Hund wurde wütend und zog an seiner Leine, um sich frei zu machen.

Wir hatten unsern Spaß und dachten uns nichts dabei.

Eines Tages standen meine Freundin Anni und ich an der Hecke, und Hektor bellte, und bellte, und bellte.

Wir liefen schon weiter, aber auf einmal kam Hektor hinter uns her. Wir riefen laut: „Mama, Mama!"

Anni bekam gerade noch die Türklinke zu fassen und konnte ins Haus. Aber ich stolperte über eine Schwelle, und Hektor umklammerte mich und biss mir ins Bein.

Die Nachbarsfrau kam und rief ganz streng seinen Namen, und er ließ von mir ab.

Ich musste dann zum Arzt und bekam eine Spritze ins Bein. Konnte auch längere Zeit nicht zur Schule gehen und musste mein Bein immer hoch legen. Auch ein zweites Mal wurde ich von ihm gebissen, das ist wohl so, einmal beißen, immer wieder beißen, sagt der Volksmund.

Meine Mutter wollte die Nachbarn aber wohl nicht anzeigen, was ich mir heute gar nicht vorstellen kann.

Hektor

Hektor wär de Hund van uns Naabers, een schaarp´ Schäfer-hund. He stunn achtert Huus up een Bleek und bleekte elkeen an, der dar in sien Revier quemm. Wenn wi Kinner dar up´t Padd lääp´n, wulln wi hum taag´n un reep´n hum to: „Hektor, wuff, Hektor wuff!"

Un de Hund wur wütend und truck an sien Lien, um sück free to maak´n.
Wi harn uns Spaaß un dachten uns nix dabi.

Eenes Daag´s stunn´n mien Fründin Anni un ick ok an de Heek, un Hektor bleekte und bleekte, un bleekte. Wi lääp´n all wieder, aber upeenmal quemm Hektor achter uns an.
Wi reep´n: „Mama, Mama!" Anni kreeg noch neddergrad hör Döörklepp to faat´n un kunn int Huus. Ich stolper över de Drüppel, un Hektor har mi to packen.
He beet mi in mien Been. De Naabersfrau quemm, un se reep heel streng sien Nam´, un he lät van mi aff.
Ick muss denn na de Dokter un kreeg´n Spritz int Been, kunn denn ok länger Tiet nich na de School, mien Been elke Dag hochleggen.

Ok en tweede Mal wur ick van hum beet´n, dat is wall so, eenmal biet´n, immer weer biet´n, seggt de Volksmund.
Mien Mooder wull de Naabers aber wall nich anzeigen, wat ick mi vandaag nich mehr vööstell´n kann. Jedenfalls lääp Hektor eenig Tiet mal mit een Muulkörf herum. Dat wär de reinste Horror vör mi, wenn ich de Hund van Wied´n to seh´n kreeg.

Jedenfalls lief Hektor einige Zeit mal mit einem Maulkorb herum. Für mich war das der reinste Horror, wenn ich den Hund von Weitem sah. Meistens hatte ich ein Stück Brot in meiner Rocktasche, das schmiss ich ihm hin und lief schnell weiter, oder ich versteckte mich.

Eines Tages schaffte ich es nicht mehr, wegzulaufen, und ich drückte mich in eine Hecke. Mein Herz schlug mir fast aus der Brust, konnte kaum atmen. Ich stand in der Hecke wie eine Säule.

Hektor beschnüffelte mich von Unten bis Oben und lief tatsächlich weiter.
Mir fiel ein dicker Stein vom Herzen. Seit der Zeit bin ich stehen geblieben, wenn der Hund mir entgegen kam.

Diese Geschichte hat mich geprägt, ist wichtig für mein Leben geworden. Weglaufen hilft nicht, du musst dich der Sache stellen, erst dann wirst du frei.

P.S. Es ist kaum zu glauben, dass es kein Trauma geworden ist, denn ich liebe Hunde, hatte selbst zehn Jahre einen, und zehn Jahre einen Pflegehund, aber ein Schäferhund ist mir immer noch suspekt.

Meest har ick een Stück Brot in mien Rocktasch´, dat smeet ick hum hen, un sach tau, dat ick gau wegquemm, oder ick verstook mi.

Eenes Daag´s hebb ick dat nich mehr schafft, uttoriet´n, un ick verdrückte mi in een Heek, mien Hart kloppte mi bald ut de Bost, un ick kunn nich mal Ahm hol´n. Stunn in de Heek as een Säule.

Hektor beschnüffelte mi von Unnern na Boob´n, un lääp tatsächlich wieder.

Mi full een dicke Steen vant Haart. Siet de Tiet bün ick stahnbleeven, wenn de Hund mi tomööd´ quemm.

Da is wichtig för min Leben war´n, wegloop´n helpt nich, du musst di de Saak stell´n. Denn erst warst du free.

P.S. Dat is bald nich to lööb´n, aber een sogenannt Trauma hebb ick nich beholl´n. Hund´ hebb ich gern, har sülmst tein Jahr een, un noch een Plegehund, ok tein Jahr. Aber een Schäferhund is mi immer noch suspekt.

Sprung von der Timmler Brücke (Mut tut gut)

Als wir noch Kinder waren, hatten wir noch nie etwas von der DLRG gehört, und eine Badeanstalt war in unserem kleinen Dorf auch nicht zu finden.
Wir lernten das Schwimmen von den älteren Kindern, die passten gut auf uns auf.

Wenn wir aus dem Wasser kamen, war unsere Haut braun vom Torf. Badeanzüge und Bikinis waren auch noch nicht auf dem Markt. Mein Hemd wurde unten ein Stückchen zugenäht, nach dem Motto: Not macht erfinderisch.

Am alten Tief und am neuen Tief konnten wir auch noch baden. Wir waren damals mehr draußen als drinnen.
Eines Tages, im Hochsommer, habe ich die Kinder in Angst und Schrecken versetzt. Ich wollte von der Timmler Brücke ins Wasser springen, schwimmen konnte ich schon.
War so 9, oder 10 Jahre alt.

Sie riefen: „Bist du verrückt? Du kommst nicht wieder hoch!"
Ich dachte mir, was ein Junge kann, muss ich ja wohl auch können. Ich machte mich bereit, und die Kinder standen um mich herum. Sie schrie´n :

„Anita will von der Brücke springen!"

Auf einmal bekam ich Angst, es zu tun. Mein Herz klopfte wild, soll ich springen oder wieder zurückgehen?
Blamieren wollte ich mich auch nicht.

Sprung van de Timmler Brügg (Mut tut gut)

As wi noch Kinner wär´n, har wi noch noid wat van DLRG hört, een Baadeanstalt wär in uns lütje Döörp ok nich to finn ´n. Wi lernten dat Schwemm´m van ollerde Kinner, de hemmt heel goot up uns lütjen uppasst.

Wenn wi ut´t Water quemm´m wär uns Huut bruun van Törf. Badeanzüge un Bikinis wär´n ok noch nich up Markt. Mien Hemd wur unnen een Stückche tooneiht, na Motto: Not macht erfinderisch. Ant nee Deep un ant oole Deep kunn´n wi ok baden. Wi wär´n mehr buut´n as binn´n.

Eenes Dag´s, int Hochsömmer, hebb ick de Kinner in een Schrecken versett´t.
Ick wull vant Timmler Brügg int Water spring´n, schwemm´m kunn ick all, wär so um 9-10 Jahr alt.

Se reep´n: „Büst du verrückt?!“
„Du kummst nich wer hoch!“ Ick dach mi, wat een Jung kann, dat mutt ick ok könn´n.
Ick maakte mi bereit, un de Kinner stunn´n um mi too.

Se bölkten wer:

„Anita will van´t Brügg spring´n!“

Upeenmal kreeg ich dat doch mit de Angst to doon, mien Hart kloppte wild.
Sull ick spring´n oder wär torüch gahn?

Eine Stimme in mir sagte: „Nun spring los!"

Die andere Stimme sagte: „Lass es lieber sein!"
Aber die Kinder würden mich auslachen, nein, jetzt muss ich es tun! Risiko! Augen zu und springen.—

Es machte platsch und ich war unter Wasser. Ich kam gar nicht wieder hoch und dachte, dass ich nun wohl ertrinken würde. Vor lauter Angst fing ich an, mit den Händen und Füßen wie wild um mich zu schlagen. Nach einer Ewigkeit war ich auf einmal mit meinem Kopf wieder über Wasser.
Ich war nicht tot!

Als ich aus dem Wasser kam, jubelten die Kinder mir zu.
„Anita ist von der Brücke gesprungen!"

Sie klatschten in die Hände. Ich war mächtig stolz auf mich. Sogar in der Schule wurde ich gefeiert.
Was hat mir das eingebracht?

Hochachtung von den Kindern. Noch einmal bin ich nicht mehr von der Timmler Brücke gesprungen, aber es hat bis heute in mir nachgeklungen.

MUT TUT GUT!

Blemeer´n wull ick mi ok nich. Een Stimm´ in mi sä:
„Nu spring los!“
De anner Stimm´ sä: „Laat dat leever!“

Aber de Kinner würd´n mi ja utlachen, nee, ick muss da döör.
Risiko!
Oog´n too un spring´n!

Dat maakte platsch un ick wär unner Water. Ick quemm gar
nich wer hoch un dach, dat ick nu wall versuup´n dä. Ut luuter
Angst fung ick an, mit mien Hann´n un Foot´ wild um mi to
hau´n. Na een Ewigkeit wär ick upenmal mit mien Kopp wer
över Water. Wat een Glück! Ick wär nich dot!
As ick ut dat Water quemm, jubelten de Kinner mi to:

„Anita is vant Brügg sprung´n!“ Se klappten in de Hann´n.
Ick wär viellicht stolt up mi. Sogar in de School wur ick fiert.
Wat hett mi dat inbracht?

Hochachtung van de Kinner. Nochmal bün ick nich van de
Timmler Brügg sprung´, aber dat hett bitt vandaag´ in mi
naaklung´n.

Sternengucker

In unserem Dorf kam öfter ein junger Mann an unserem Haus vorbei, den ich ganz nett fand. Aber gegrüßt hatten wir uns noch nie.

Einmal sah ich ihn von Weitem, ich spazierte ums Haus herum und sagte ganz freundlich: „Moin Sterngucker."

Er sah mich böse an, als wenn er mich fressen wollte: „Was ist das, ich will dir mal helfen!"

Er wollte auf mich losgehen, ich lief von ihm weg, so schnell ich konnte, er hinter mir her, bis in die Meeden. Dort holte er mich ein, ging auf mich los und prügelte auf mich ein: „Wenn du das noch einmal zu mir sagst, bekommst du noch mehr Schläge!"

„Was habe ich denn getan?"

„Ich heiße Georg und nicht Sterngucker!"

„Das wusste ich nicht."

Er ließ mich los, und ich ging weinend nach Hause, erzählte es meiner Mutter.

Sie meinte: „Du liebe Zeit, wie kann du das auch zu ihm sagen, das ist doch sein Schimpfname."

Ich war platt, dachte, es wäre sein Nachname. Von der Zeit an, bin ich ihm aus dem Weg gegangen. Warum hatte er wohl diesen Namen?

Vielleicht weil er seinen Blick immer zu den Sternen schickte. Für mich war das gar nichts Schlimmes.

Und die Moral von der Geschicht: Was für den Einen schlimm ist, ist das für den Anderen noch lange nicht.

Steernkieker

In uns Döörp quemm faaker een junge Mann an uns Huus vörbi, de ick heel nett finn´n dä. Grüßen dänn´n wi uns aber eegentlich nich.

Aber eenmal sach ick hum van Wied´n, denn kaierte ick um uns Huus, un sä heel frünnelk:

„Moin Sternkieker."

He keek mi düll an, as wenn he mi upfreet´n wull:

„Watt is dat, ick will di mal help´n!"

He wull up mi losgahn, un ick lääp, so gau ick kunn, van hum weg, un he achter mi an, bitt in de Meed´n, dar har he mi inholt, gäng up mi daal un versohlte mi.

„Wenn du dat noch eenmal to mi seggst, kriegst du noch mehr Hau´!"

„Wat hebb ick di denn daan?"

„Ick heet Georg un nich Sternkieker!"

„Dat wuß ick nicht."

He lät mi löss, un ick wär ant brülln, vertellte mien Mooder dat.

Se meente: „Leeve Tiet, wo kannst du dat ok an hum seggen, dat is doch sien Schimpnam!"

Ick wer platt, dach, dat wär sien Achternam.

Van de Tiet an bün ick hum ut de Weg gahn.

Warum har he wall disse Nam? Viellicht, wiel he sien Blick na de Steerns schicken dä, för mi nix Schlimmes.

Un de Moral van de Geschicht, wat för de Een´ schlimm is, is dat för een Annern noch lange nicht.

Schornsteinfeger Lampe

Wenn ich heute einem Kind diese Geschichte erzähle, glaubt es das sicher nicht.

Kannst du denn glauben, dass ich als Kind Angst vor einem Schornsteinfeger hatte? Heute kann ich das selbst auch fast nicht mehr glauben.

Wenn ich zuhause nur hörte: „Der Schornsteinfeger kommt heute," bekam ich es mit der Angst zu tun.

„Wann kommt er denn?" Wenn meine Mutter sagte: „Heute Vormittag," lief ich zu meiner Freundin, und ließ mich bis zum Mittagessen im Haus nicht mehr sehen.

Meine Freundin hatte genau so viel Angst vor dem schwarzen Mann wie ich. Und wir liefen den ganzen Vormittag in den Meeden herum, versteckten uns hinter den Büschen.

In früheren Jahren wurde den Kindern immer Angst gemacht vor dem schwarzen Mann, der aber wohl von einer anderen Art war. Der Schornsteinfeger stand auf Dächern mit seinen Geräten, mit der schwarzen Kugel. Das war zumindest unheim-lich und ungewöhnlich. Dazu kam noch das schwarze Gesicht und die schwarzen Hände .

Als wir größer waren und schon Schulkinder, verlor sich die Angst langsam.

Aber einmal sahen meine Freundin und ich ihn mit dem Fahrrad ankommen.

Er war ein junger junger Mann, und wir wollten ihn wohl ärgern, indem wir sangen: „Schornsteinfeger Lampe geht zu seiner Tante, holt sich ein Stück Butterbrot, sagt noch nicht mal danke."

De Schösteinfeger

Wenn ich vandag´n Kind disse Geschicht´ vertell, de lööwt de dat seeker nich.

Kannst Du dat lööven, dat ick as Kind Angst vör n Schöstein-feger har? Vandaag kann ick dat ok hast nich mehr lööven, aber dat wär so. Wenn ick in Huus bloss hör´n de:
„De Schösteinfeger kummt vandag," kreeg ick dat all mit de Angst to doon. „Wennher kummt de denn?" Wenn mien Mooder sä: „Vervöörmiddag," lääp ick na mien Fründin, un lät mi vör laat Middag bi uns in Huus nich mehr seh´n.

Mien Fründin har neddergrad so vööl Angst för de schwarde Mann as ick, un wi lääpen de heele Vöörmiddag in de Meed´n herum un verstooken uns achter Buschen.

In fröhr Jahr´n wurd´n Kinner ja ok alltiet bang maakt vör de schwarde Mann, de aber van een anner Art wär. De Schöstein-feger stunn bob´n up de Dacken mit sien Gerätschuppen, un de schwarde Kugel, wat tomindest unheimlich un ungewöhnlich wär, darto noch dat schwarde Gesicht un Hann´n.

As wi all wat gröter wär´n un na de School mussen, verlor sück de Angst langsam. Aber eenmal sachen mien Fründin un ick hum mit Rad ankomm´m, he wär noch n jungen Mann, un wi beid´ sungen heel överdaadig:

„Schornsteinfeger Lampe geht zu seiner Tante, holt sich ein Stück Butterbrot, sagt noch nicht mal danke."

Als er das hörte, wurde er wütend, gab Gas und brüllte hinter uns her: „Ick will jo mal helpen!"

Da war die große Angst noch einmal wieder da. Wir liefen, so schnell wir konnten wieder in die Meeden, bis er nicht mehr zu sehen ward.

Wann das mit der Angst aufhörte, kann ich heute nicht mehr genau sagen.

Der Schornsteinfeger ist heute für mich ein Glücksbringer. Wenn mir mal einer begegnet, steige ich sogar vom Fahrrad, begrüße ihn freundlich: „Geben Sie mir mal ihre Hand, ich brauche heute ganz viel Glück!"

Wenn er dann lacht und mir seine Hand reicht, ist das ein wunderbares Erlebnis für mich. Und das Glück kommt auch meist hinterher. Wie, du zweifelst daran?

Na, du musst nur fest daran glauben !

As he dat hörn dä, wur he düll, geev Gas un quem mit Rad achter uns an un brüllte: „Ick will jo mal helpen!"

Da wär de groode Angst noch mal wer da un wi lääpen, wat dat Tüch holl´n kunn, wer in de Meed´n, bit he nich mehr to seh´n wör.
De heele Namiddag läten wi uns int Döörp nich mehr seh´n.
Wennher dat uphört hätt mit de Angst, kann ick vandaag´ nich mehr seggen.

Vandaag is de Schösteinfeger för mi n Glücksbrenger, wenn ick mal een seh´, stieg ick vant Rad, segg denn:
„Geben Sie mir mal Ihre Hand, ich brauche ganz viel Glück!"

Wenn he denn lacht, un mi sien Hand gifft, is dat alltiet´n wunnerbar Beleeb´m för mi.

Un` dat Glück? Dat kummt ok meest achteran.
Wat, Du twiefelst daran? Du musst dar bloss fast an lööv´n.

Seine Stimme hatte es mir angetan

Wie ich so um die dreizehn Jahre alt war und eines Abends vor der Tür auf der Stufe mit unserer Katze spielte, hörte ich auf einmal jemanden singen. Woher kam die Stimme?
Neugierig stand ich auf und ging der Sache nach. Der Klang kam von dem Haus unserer Nachbarn. Ich bog die Zweige von der Hecke zur Seite, da sah ich einen Jungen auf dem Hühnerstall sitzen. Er spielte Gitarre und sang dazu:
„Kleiner Bär aus Berlin, schau mich an ….."
Das klang wunderbar. Der Junge, der da saß, hatte dunkle Locken. Mein Interesse an ihm war groß. Am nächsten Tag erzählte ich das gleich meiner Freundin Inge. Es war etwas ganz Besonderes für uns. Sommer, schönes Wetter, abends war es noch lange hell. Inge wollte ihn auch gerne einmal sehen. So liefen wir beide am nächsten Abend den Weg hoch.
Wir warteten auf das Spiel. Ich hatte seine Stimme schon fest in meinem Herzen.

Auf einmal hörten wir ihn singen. Erst lugten wir durch die Hecke, dann liefen wir den Weg rauf und runter. An der Pforte blieben wir stehen und sahen zu ihm herüber.
„Kommt ruhig her, soll ich euch etwas vorspielen?"
Also setzten wir uns zu ihm auf den Hühnerstall. Er sang so wunderbare Lieder, wir waren total begeistert. Er erzählte uns, dass er Edi heißt und neunzehn Jahre alt. Das er in Berlin wohnt und hier seine Ferien verbringen würde, bei seiner Schwester. Langsam wurde es dunkel, und meine Freundin lief nach Hause. Ich blieb noch bei ihm sitzen, konnte einfach noch nicht gehen. So, als wäre ich lahm. Ich hörte nicht einmal, als meine Mutter nach mir rief.

Sien Stimm´ har mi dat andaan

As ick so 13 Jahr alt wär un eenes Abends vör de Döör up de Drüppel satt un mit uns Katt spöölte, hörte ick upeenmal well singen. War quemm dat her?
Neegierig stunn ick up un gäng de Saak na. Dat klung van uns Naabers Huus weg. Ick mook de Tacken van de Heeg biet´t Siet, un da sach ick een Jung up´t Hohnerstall sitten, he spöölte Gitarre, un sung dartoo:
„Kleiner Bär aus Berlin, schau mich an….."
Dat klung wunnerbar. De Jung, de dar seet, har dunkel Locken, un mien Interesse an hum wär groot.
De anner Dag vertellte ick dat gliek mien Fründin Inge.
Dat wär wat heel Besünners für uns.
Sömmer, un moi Weer, abends noch lang´ lecht.

Inge wull hum ok gern mal seh´n, so lääp´n wi beid´ den annern Abend biet´t Patt anhoch, un wachten up dat Spööl.
Ick har sien Stimm´all fast in mien Hart. Upenmal hörten wi hum singen, erst keek´n wi dör de Heeg, un denn lääp´n wi de Patt up un andaal. Wi blev´n bi de Poort stahn, un keek´n na hum hen. „Kommt ruhig her, soll ich euch etwas vorspielen?"

Also sett´ten wi uns bi hum up de Hohnerstahl. He sung so wunnerbar Lieder un wi wärn hen un weg. He vertellte uns, dat he Edi heet, un 19 Jahr alt wär, un in Berlin wohnte, un hier in Ferien wär. Langsam wur dat düster, un mien Fründin muß na Huus. Ick bleev noch sitten, kunn dar nich wegfinn´n, so, as wenn ick lahm wär. Ick hörte nich, as mien Mooder na mi reep .

Wir erzählten uns viel, und auf einmal kam er mit seinem Gesicht ganz nahe an mein Gesicht. Mein Herz fing an zu klopfen, so etwas hatte ich noch nie erlebt. Ich fühlte seine heißen Lippen auf meiner Wange. Es war ein Durcheinander in meinem Herzen, und meiner Seele.

Nun aber schnell nach Hause! Die Haustür war verschlossen, und Angst machte sich in mir breit.
Wenn meine Mutter mir die Tür nicht aufmachen würde, was dann? Ich klopfte ans Fenster, aber sie ließ mich noch eine Weile zappeln. Sie kam und schimpfte mich aus: „Wo warst du so lange, es ist schon dunkel!"
„Bei Inge zuhause, sie war allein, wir haben 'Mensch ärgere dich nicht' gespielt," log ich.

Am nächsten Morgen erzählte ich Inge, was ich mit Edi erlebt hatte. Ich war ganz aufgeregt: „Wenn er mir wirklich einen richtigen Kuss gegeben hätte!" Damals dachten wir noch, von einem Kuss würde man ein Kind bekommen.

Das war so eine Sensation für uns, dass wir uns gar nicht wieder beruhigen konnten. Von dem Tag an saßen wir öfter, bei schönem Wetter auf dem Hühnerstall und sangen mit Edi.

Inge und ich mochten ihn beide so gerne.
Er wurde später der Freund von meinem Bruder. Ich dachte den ganzen Tag an ihn.

Meiner Mutter fiel das schon auf, dass wir hinter dem Jungen her waren. Sie meinte: „Springt den Jungen doch nicht so auf den Nacken!"

Wi vertellten uns noch wat, un upeenmal quemm he mit sien Gesicht an mien Gesicht. Mien Hart fung an to klopp´n, so watt har ick noch noid beleevt.

Sien Lipp´n föhlten sück heet an up mien Wang´n. Ick wär dörnanner in mien Hart un Seel. Gau na Huus, dach ick.
De Buut´ndör wär affsloot´n Angst mook sück in mi breet.
Wenn mien Mooder de Döör nu nich openmaak´n dä!
Ick kloppte an dat Fenster, aber se leet mi noch´n Sett zappeln, un schull mi laater ut:
„War wärst du solang, dat is all düster."
„Bi Inge int Huus, se wär alleen, un wi hemmt noch 'Mensch ärgere dich nicht' spöölt," loog ick .

De anner Mörg´n vertellte ick Inge, wat ick mit Edi beleevt har, un sä heel upgeregt: „Wenn he mi nu mal´n Kuß geven har!" Damals dachen wi noch, dat wi viellicht van een Kuß ´n Kind krieg´n kunn´n. Dat wär so´n Sensation, dat wi uns he nich wer inkrieg´n kunn´n. Van de Dag aff an satten wi nu faaker abends, bi moi Weer up Höhnerstall un sung´n mit Edi.
Inge un ick muchen hum beid so gern lied´n. He wur laater de Fründ van mien Bröör. Ick dach de heele Dag an hum, un mien Mooder full dat ok up, dat wi achter de Jung an wär´n .
Se meente: „Springt de Jung nich so up de Nack!"

Wenn he bi mien Bröör quemm, wur ick rot, bit över de Ohr ´n, kunn mien Hart nich beruhigen. He dürs ok in mien Album schrieven. ´N veerbladrich Kleeblatt kleevte he da mit in.
Dat kreeg´n de Schoolkinner natürlich to seh´n un lachten mi ut. As de Ferien toend wär´n, wär´n Inge un ick daagenlang krank vör Sehnsucht na de Jung.

Wenn er zu meinem Bruder kam, wurde ich rot, bis über die Ohren, konnte mein Herz nicht beruhigen. Er durfte in mein Poesie-Album schreiben. Ein vier blättriges Kleeblatt klebte er mit ein. Das bekamen die Schulkinder mit, und sie hänselten mich und lachten mich aus. Als die Ferien endeten, waren Inge und ich tagelang krank vor Sehnsucht nach dem Jungen. Wir schmissen uns an den Wall und lebten unseren Liebeskummer aus.

Die Kinder riefen in der Pause in der Schule hinter mir her: „Anita und Edi, Anita und Edi!"
Sie wollten damit nicht aufhören, ich lief heulend zu meinem Lehrer, war verzweifelt. Er erzählte mir dann die Geschichte von dem Hund, der den Mond anbellen wollte.
„Was geht es dem Mond an, wenn ihn der Spitz anbellt?"
„Scheint der Mond weiter?" – „Ja." – „Na also."
Er meinte, ich solle mir einfach nichts mehr daraus machen, dann würden sie von selbst aufhören. So war es dann auch.

Edi kam noch oft in den Semester-Ferien in unser Dorf, wir hatten viel Spaß miteinander. Ich dachte damals in meiner Backfischseele, dass wir sicher mal heiraten würden.
Aber er war ja schon älter und dachte sicherlich gar nicht daran. Eines Tages kam er mit seiner Verlobten. Von dem Tag an ging ich ihm aus dem Weg. Inge und ich waren tief enttäuscht. Später grüßten wir uns aber wieder freundlich.
Heute muss ich darüber schmunzeln. Spiele allerdings auch jetzt Gitarre und denke noch mal an ihn.
„Kleiner Bär aus Berlin schau mich an, denn du bist unser kleiner Talisman." Das singe ich dann, seine Stimme ist doch noch tief in mir drin. -

Wi schmeet´n uns an de Wall un leevten uns Liebeskummer ut.

De Kinner reep´n in Pause achter mi an „Anita und Edi!"
Se wull´n damit nich uphörn´, ick lääp brüllend na de Mester un wär vertwiefelt. De Mester vertellte mi denn de Geschicht van de Hund de de Mond anbleeken wull:
„Was geht es den Mond an, wenn ihn der Spitz anbellt."
„Scheint der Mond weiter?" „Ja." „Na also."

He meente, ick shull mi dar nix ut maak´n, se würd´n van sülmst wer damit uphör´n. So wur dat ok. Edi quemm noch faaker in Ferien, wi harn vööl Spaß mitnanner. Ick dach in mien Backfischseel´, dat wi seeker mal heiraten denn´n .

Aber he wär ja so vööl oller, un dach seeker nich daran.
Eenes Daag´s, quemm he mit sien Verlobte. Van de Dag an gäng ick hum ut de Weg, Inge un ick wär´n natürlich enttäuscht. Laater grüßten wi uns frünnelk, un ick muß över mi sülmst lachen. Nu spööl ick sülmst up mien Gitarre, un aff un an, denk ick noch mal an hum. —

„Kleiner Bär aus Berlin schau mich an, denn du bist unser kleiner Talismann", sing ick ok noch mal.
Sien Stimm´ is noch deep in mi drin.

Um Gottes Gnad?

Hier ist noch eine kleine Schulgeschichte. Vor Weihnachten spielten wir Kinder immer Theater in der Schule.

Es ging darum, dass Maria und Joseph eine Unterkunft suchten. Sie klopften an viele Türen. In einer Gastwirtschaft sollte eine Wirtin die Tür öffnen, das Paar aber abweisen.

Joseph sollte fragen:
„Lassen sie uns um Gottes Gnad herein!"

Anna, die Wirtin sollte antworten:
„Um Gottes Gnad? Um gutes Geld!"

Aber sie betonte es nicht richtig, so:
„Um Gottes Gnad? Um gutes Geld?"

Fidi, unser Lehrer, wurde wütend, weil sie das nicht begreifen wollte. Er klatschte in die Hände: „Um gutes Geld!!
Aber Anna zog ihre Stimme wieder hoch zu einer Frage.
Fidi stampfte mit dem Fuß: „Um gutes Geld!!"

Wir Kinder fingen auch schon an, bei der Betonung mit dem Fuß zu stampfen bei dem Wort Geld.
Ich glaube, ein anderes Kind hat die Rolle dann gespielt.

Der Lehrer hatte es damals nicht leicht, acht Schuljahre in zwei Klassen zu unterrichten.

Um Gottes Gnaad´?

Hier is noch ´n lütje Schoolgeschicht.
Vör Wiehnachten spöölten wi Kinner alltiet Theater int School.

Dat gäng´ darum, dat Maria un Joseph een Unnerkunft söchten un kloppten an vööl Döör´n. In een Schankwirtschaft muss een Wirtin de Döör openmaaken, aber dat Paar affwiesen.

Joseph shull fragen: „Lassen sie uns um Gottes Gnad herein!"

Anna, de Wirtin shull seggen:
„Um Gottes Gnad? Um gutes Geld!"

Aber se betonte dat nich rechtschaap´n.
„Um Gottes Gnad? Um gutes Geld?"

Fidi, uns Mester wur düll int Kopp, wiel se dat nich begriep´n wull. He klappte in sien Hann´: „Um gutes Geld!!"

Aber Anna truck hör Stimm wer hoch, un Fidi stamte mit Foot up: „Um gutes Geld!!"

Wi Kinner fungen ok all an, mit de Foot´to stammpen, bi dat Wort Geld.
Ick lööv, een anner Wicht hett denn de Rull spöölt.

De Mester har dat damals nich licht, acht Schooljahr´n in twee Klassen to unnerricht´n.

Um Gottes Gnaad´?   59

Wiechard

Wenn ich über diese Geschichte nachdenke, tut mir mein Herz heute noch weh.

Ich war wohl so ungefähr zehn Jahre alt, als meine Mutter mit dem Rad unterwegs war, um jemanden zu besuchen. Sie hatte uns gewarnt, die Türen abzuschließen, und ja niemanden reinzulassen, weil sich so viel „Volk" herumtreibt.

Meine Freundin Anneliese und ich spielten gerade 'Mensch ärgere dich nicht', als ich ein Stöckengeräusch von der Straße her hörte.

Als ich aus dem Fenster sah, bemerkte ich Wiechard, er kam den Gartenweg hoch, auf unser Haus zu. Wir wollten uns aber beim Spielen nicht stören lassen, was nun? -

Wiechard war von Geburt an blind, darum hatte ich ein schlechtes Gewissen, hörte aber dann auf meine Freundin.

Wiechard half uns ab und zu zum Bohnen auspulen, und anderen Arbeiten, die er noch so verrichten konnte.

Er sang so gern, zum Beispiel: „Es dunkelt schon in der Heide", oder „Ännchen von Tarau", das waren seine Lieblings-lieder. Also, Wiechard rüttelte an der Tür, und rief den Namen meiner Mutter.

Wir standen am Fenster, und verhielten uns ganz ruhig. An alle Türen des Hauses rüttelte er, und brummelte: „Is wall nich in Huus".

Dann tastete er mit seinem Stock den Gartenweg wieder zurück, und wir hatten unsere Ruhe.-

Wiechard

Wenn ick över disse Geschicht nadenk, deit mi mien Hart vandaag´noch sehr.
Ick wär wall so ungefähr 10 Jahr alt, as mien Mooder mit Rad up Versiet´ wär, un seggt har, wie shulln de Döör affsluut´n wegen „Volk um de Dörn".

Mien Fründin Anneliese un ick spöölten Mensch ärgere dich nicht, as ick ´n Stockengeräusch van Straat her hör´n dä.

As ick ut dat Fenster keek, sach ick, dat Wiechard uns Tuunpadd anhoch loop´n quemm. Wie wulln uns biet´t Spööl´n nich stör´n laat´n, wat nu? Anneliese sä:
„Wir machen einfach die Tür nicht auf!"
Wiechard wär van Geburt an blind.
Dat Geweet´n sloog mi ok wat, aber denn hörte ich up mien Fründin.

Wiechard hulp uns aff un an to Bohn´n utpuulen, un anner Arbeid´n, de he so maak´n kunn. Sing´n dä he ok gern,
„Es dunkelt schon in der Heide" un „Ännchen von Tarau" am leevsten.

Also Wiechard rökelte an de Döör un reep na de Nam van mien Mooder, wi keek´n dör´t Fenster un verhull´n uns heel still.
An all Döörn um dat Huus rökelte he un brummte:
„Is wall nich in Huus."
Denn lääp he wer de Tuunpadd torüch, un wi har´n uns Ruh.

Ich erzählte meiner Mutter später von dem Besuch, und dass wir die Tür nicht aufgemacht hatten. Ich sehe heute noch das wütende Gesicht von ihr. -

„Ihr habt den armen Mann vor der Tür stehen lassen?"
Und ohne Trinken, wo er doch ganz von Großefehn her gelaufen ist!"

Anneliese und ich standen da, mit hängendem Kopf, ich versprach, so etwas nie wieder zu tun. Ja, Kinder können manchmal grausam sein, sicherlich nicht mutwillig. Wiechard, mit dieser Geschichte entschuldige ich mich bei Dir! -

Und die Moral von der Geschicht:
Lasse einen Menschen in Not nie vor deiner Tür stehen! -

Mien Mooder vertellte ick dat laater van de Versiet´, un dat wi de Döör nich openmaakt hemmt.
Ick sech vandaag noch dat Gesicht van mien Mauder, wat wer se vergrellt.

„Ji hemmt de arm´ Mann vör de Döör stahnlaat´n, ohn Drinken, war he doch heel vant Grootfehn herloop´n is!"
Anneliese un ick stunn´n da mit hangend Kopp´n, un ick versprook, dat ick dat nich werdoon wull. Ja, Kinner könnt mennigmal grausam wesen, seeker nich mutwillig. Wiechard, mit disse Geschicht entschuldig ick mi noch mal bi di.

Un de Moral van de Geschicht:
Laat ´n Minsch in Not nich vör de Döör stahn.

Schöne Puppenkleider

Meine Freundin Anni hatte früher so schöne Kleider für ihre Puppe, solche hätte ich damals auch gerne gehabt. Aber meiner Mutter fehlte wohl die Zeit, wo sollte sie auch die Stoffe hernehmen, wir lebten in der Kriegszeit, ich war so um die fünf Jahre alt. Das war um das Jahr 1945.

Selber konnte ich mir noch keine nähen. Eines Tages, ich war mit meiner Mutter zu Besuch bei meiner Tante in Wiesmoor, ich lief da draußen ein wenig herum, da sah ich, dass an der Leine von den Nachbarn Puppenkleider flatterten.

Heimlich schlich ich mich heran, sprang einige Male zur Leine hoch und schnell, ruck, zuck, riss ich die Kleider herunter. Dann rannte ich, so schnell ich konnte, in die Scheune von der Tante. Im Rücken hörte ich noch ein Geschrei:
„Das sind unsere Puppenkleider!"

Ich steckte sie schnell in meine angeraute Unterhose, die waren damals in Mode und schön warm und weit und lang, fast bis zu de Knien, mit Gummizug. So eine richtige Pumphose.

Nach einer kurzen Zeit standen zwei Mädchen bei der Tante in der Küche. Sie prusteten los:
„Das Mädchen hat unsere Puppenkleider von der Leine geklaut!"

Ich kroch schnell auf den Schoß meiner Mutter, und schrie:
„Die lügen!"

Moi Puppenkleer

Mien Fründin Anni har soo moi Kleer för hör Pupp´ de har ick ok gern hat damals, aber mien Mooder fehlte wall de Tiet, un wor shull se de Stoffe ok hernehm´m, in de schofel Tied, 1945.

Ick wär so um de fief Jahr alt, kunn mi de ok noch nich sülmst neih´n. Eenes Daag´s, wär ick mit mien Mooder up Versiet, in Wiesmoor, bi mien Tant´.

Ick lääp dar vör de Döör so´n bietje herum un bi de Naabers an de Lien flatterten moi Puppenkleer. Heimlich schleek ick mi da ran, sprung en paar mal an de Lien anhoch un reet ruck, zuck, de Puppenkleer van de Lien. Un dann, so gau as ick kunn, in de Schüür van mien Tant´. In mien Rüch hörte ich een Kinner Gebölk: „Dat sünd uns Puppenkleer!"

Ick stook de gau in mien wied, ´n angeraute Unnerbüx.
De wärn damals in Mode un moi warm. Sie wär´n lang bitt to de Knee´n, mit Gummi drin, ´n richtigen Pumphos´.

Na een körten Tiet stunn´n twee Wichter bi mien Tant int Köök´n un prusteten los:
„Dat Wicht hett uns Puppenkleer klaut!"

Ick kroop gau bi mien Mooder up de Schoot un sä:
„De läegen!"

Mien Mooder wahrschaut mi:
"Hest du dat würelk nich daan?"

Meine Mutter sah mich drohend an:
„Hast Du das wirklich nicht getan?"

„Nein," sagte ich und fing laut zu weinen an. Aber die Mädchen meinten, ich würde lügen, sie hätten das gesehen.

Meine Mutter und meine Tante wussten auch nicht weiter, und die Mädchen liefen weinend nach Hause. Als ich später zur Toilette musste, und meine Mutter mitging, fielen mir die Puppenkleider herunter. Nein, so etwas!

Ich stand mit hängendem Kopf da und fühlte mich so schlecht. Schläge habe ich nicht bekommen, aber meine Mutter klagte: „Oh Gott, Oh Gott, sage nichts davon, ich schäme mich zu Tode!"
Sie steckte die Kleider in ihre Tasche, und zu Hause wurde ich noch einmal tüchtig ausgeschimpft. Ich musste versprechen, nie wieder zu stehlen. An den Kleidern hatte ich noch lange meine Freude.

Natürlich war das Handeln meiner Mutter sicherlich nicht richtig, nach meinem heutigem Verständnis, aber vielleicht auch doch, denn gestohlen habe ich in meinem Leben nie wieder.

„Nee," sä ick un fung luut an to brüll´n. De Wichter meenten, se harn dat seh´n, un ick wür läeg´n.

Mien Mooder un mien Tant wussen ok nich wieder, un de Kinner lääp´n brüll´nd na hör Huus.

As ick laater na de Toilette muss, un mien Mooder mitgäng, full´n mi de Puppenkleer runner. Nee, sowat! Ick stunn mit hang´nd Kopp da un föhlte mi so schlecht. Hau hebb ick aber nich kreeg´n, un mien Mooder sä: „Oh Gott, oh Gott, nu segg man nix, ick schoom mi to Dood´.!"

Se stook de Kleer in hör Tasch´, un se schull mi in Huus noch mal düchtig ut, un klau´n dürs ick nich wer.
Dat shull ick verspreek´n. An de Kleer har ick noch lang´n mien Freid´.

Natürlich wär dat Hanneln wall nich richtig van mien Mooder, aber viellicht ok doch, denn ick hebb in mien Leben noid wer klaut.

Das Osterei

Bei uns war das früher Sitte, dass Kinder zu Ostern um die Häuser zogen, und bei Leuten einkehrten, die sozusagen, gut betucht waren.

Zu der Zeit waren viele Flüchtlingskinder bei uns im Dorf. Viel zu essen gab es gleich nach dem Krieg auch nicht. Meine Freundin und noch andere Kinder nahmen mich mit, um Eier einzuholen. Mit einem Spruch machten wir uns auf den Weg: „Wir wünschen ein schönes Osterfest, sind unsere Hühner auch hier gewesen? Sie haben von unserm Brot gefressen, uns aber beim Eierlegen vergessen."

Bei dem einen Bauern, wo wir unsern Spruch aufsagten, kam die Bauersfrau auf mich zu und sagte: „Du bekommst kein Ei, Ihr habt selbst Hühner!"

Ganz jämmerlich meinte ich: „Aber wir haben doch nur ein Huhn."

Sie hat mir kein Ei aus ihrem Korb gegeben, aber von den Kindern bekam ich dann später welche ab.

Unser Huhn zuhause legte aber jeden Tag ganz fleißig ein Ei.

Zuhause erzählte ich es meiner Mutter. Sie konnte es nicht fassen, dass die Frau mich so zurückgestoßen hatte.

Sie schimpfte mit mir: „Warum musst du da auch hingehen, um zu betteln!"

Sie war so wütend, dass sie am liebsten der Bauerfrau ein Ei von unserm Huhn hingebracht hätte.

Immer, wenn es Ostern wird, fällt mir die Begebenheit ein.

Und die Moral von der Geschicht, wenn du als Kind so etwas erlebst, vergisst du das so leicht nicht.

Dat Osterei

Bi uns wär dat fröhr Sitte, dat Kinner um Ostern, bi de Huus langgäng´n, hauptsächlich bi sücke Lüh, de sotoseggen – gut betucht – wär´n.

Damals wär´n bült Flüchtlingskinner bi uns int Döörp, un vööl Besünners to eet´n gaff dat gliek na de Krieg ok nich.

Mien Fründin un noch´n paar anner Kinner nahm´m mi mit, to Eier inhol´n. Mit´n Sprök mook´n wi uns up de Weg.

„Wi wünschen jo´n moi Osterfest, sünd mien Hohner hier ok west?

Se hemmt mi all mien Brot upfreet´n, biet Eierleggen hemmt se mi vergeet´n.“

As wi bi de een Buur uns Spröök upseggen dänn´n, tickte de Burnfrau up mi un sä: „Du kriegst kien Ei, ji hemmt sülmst Hohner!“

Heel jämmerlich sä ick: „Aber bloß een Henn´.“

Se hett mi kien Ei geben, aber van de Kinner hebb ick denn wall een affkreeg´n.

De een Henn legte aber elke Dag flietig een Ei.

In Huus vertellte ick dat. Mien Mooder kunn dat nich faat´n, dat se mi so torüchstött har´n. Se schull:

„Wat deist du dor ok henn, to beddeln.“

Am leevsten har se de Buur uns een Ei noch henbracht.

Alltiet, wenn dat Ostern ward, fallt mi de Begeebenheit in.

Un de Moral van de Geschicht:
Wenn du sowat as Kind beleevst, vergetst du dat so licht nicht.

Onkel Janssen ist tot

Mit Onkel Janssen verstand ich mich als Kind immer sehr gut. Er war freundlich und hatte Humor. Er zog, wenn er in seinem großen Stuhl saß, an einer langen Pfeife. Wenn ich es heute erklären sollte, weiß ich nicht genau, was für eine Art Pfeife das war. Ich nehme an, dass es eine Wasserpfeife war, unten mit Ponpons verziert. Wenn ich einmal da war, spielten wir immer das Spiel: „Wer kann den Anderen am längsten in die Augen schauen, ohne Wimpernschlag."

Meist konnte ich es länger aushalten als er. Seine Augen fingen an zu tränen, dann musste er passen. Ich war stolz darauf, ihn besiegt zu haben. Er musste dann schmunzeln, und sagte: „Du bist so eine kleine Quade."

Er war schon ziemlich alt, wie alt, kann ich heute nicht mehr sagen. Ich hatte ihn sehr gern. Eines Tages, als ich wieder einmal da war, nahm Tante Janssen mich an die Hand und sagte: „Onkel Janssen ist tot." Damals konnte ich damit noch nichts anfangen, wusste aber wohl schon, dass es etwas Dunkles war.
Sie ging mit mir einige Stufen hoch in eine Kammer. Onkel Janssen lag auf einem Bett mit einem schwarzen Anzug bekleidet, die Augen waren geschlossen, sein Gesicht war weiß und starr. Er sah so fremd aus, und Angst kroch in mir hoch.

Tante Janssen nahm mich in die Arme und ein paar Tränen liefen. Ich fing auch laut zu weinen an, riss mich los und rannte, so schnell ich konnte, nach Hause. Meine Mutter tröstete mich, aber begreifen konnte ich das alles nicht.

Unkel Janssen is doot

Mit Unkel Janssen verstunn ick mi as Kind alltiet so goot.
He wär frünnelk un spaaßig. He truck, wenn he in sien groode
Stohl satt, an so'n lange Piep, wenn ick dat vandaag´ seggen
shall, weet ick nich genau, wat für een Piep dat wär, ick nehm
an, een Waterpiep, unnen mit so een Troddel daran.
Wenn ick mal da wär, spöölten wie dat Spööl:
„Well kann de anner am längsten in de Oog´n kiek´n, ohn mit
de Oog´n to knippen."

Meest kunn ick dat länger utholl´n as he, sien Oog´n fung´n an
to traan´n, un ick wär stolt darup, dat ick de Sieger wär.
He muss denn smüstern un sä:
„Du büst doch ´n lütje Quaade."

He wär all teemlich alt, wo alt, kann ick vandaag´ nich mehr
seggen. Ick har hum heel leef.
Eenes Dag´s, as ick da wär, nahm Tant´ Janssen mi an de
Hand un sä: „Unkel Janssen is doot."

Damals kunn ick damit noch nix anfang´n, wuß aber, dat dat
wall wat Düsterhaftes wär. Se gäng mit mi up de Upkammer,
Unkel Janssen lag up dat Bett, mit´n schwarde Anzug an,
Oogen to, un sien Gesicht wär witt un starr.

He sach so fremd ut, dat ick dat mit de Angst to doon kreeg.
Tant´ Janssen, nahm mi in de Arm un lät een paar Trann´n
loop´n, ick fung an to brüll´n un lääp in Drafft na Huus.

Mien Mooder hett mi tröst, aber begriep´n kunn ick dat nich.

Wenn ich in den Laden um die Ecke zum Einkaufen ging, musste ich unweigerlich zu dem Fenster des Hauses sehen, wo so etwas Unheimliches geschah.

So schnell ich konnte, rannte ich daran vorbei.
Als Onkel Janssen begraben wurde, sahen meine Freundinnen, Anni, Annneliese und ich uns die Trauerfeier durch die Hecke am Friedhof an, und ich war sehr traurig. Lange Zeit ging mein Blick immer noch zu dem Fenster von Janssens haus, wenn ich dort vorbei musste. Mit der Zeit vergaß ich es.

Heute ist alles wieder ganz lebendig in mir.
Ich weiß auch, dass es gut für mich war, denn heute habe ich keine Angst mehr vor einem toten Menschen.
Der Tod gehört mit zum Leben, schade, dass er in unserer Zeit verdrängt wird. Für mich ist der Mensch nicht weg, er ist nur in einer anderen Dimension. In diesem Augenblick ist Onkel Janssen kurz bei mir und bringt mich zum Schmunzeln.

Wenn ick in de Laden um de Eck´ inkoop´n gäng, smeet ick mien Oog´n na links, up dat Fenster, war ick so wat Unheimliches to seh´n kreeg´n har.
So gau ick kunn, suuste ick da vörbi.

As Unkel Janssen begraab´n wur, hemmt mien Fründinen Anni, Anneliese un ick, uns de Truurfier, döör de Heeg, van´t Kaarkhoff ankeek´n, vull van Truur.

Lang´ gäng mien Blick noch na dat Fenster van Janssens Huus, mit de Tiet hebb ick dat vergeet´n, aber vandaag´ is dat heel lebendig in mi. Ick weet ok, dat dat goot wär, denn een doode Minsch maakt mi nu kien Angst mehr.

Dat hört to dat Leben darto, Schaad, dat de Dood in uns Tiet so verdrängt waard. För mi is de Minsch nich weg, he is bloß waranners.

In disse Oogenblick is Unkel Janssen för´n Oogenblick bi mi, un brengt mi to´n Smüstern.

Unsichtbar

Wenn ich an diese Geschichte denke, muss ich heute wirklich noch schmunzeln. Ich war ein kleines Mädchen, wie alt, weiß ich nicht mehr. Vielleicht so um die drei bis vier Jahre alt.

Ich wollte mich wohl verstecken und suchte mir einen Platz an der Seite von unserem Küchenschrank aus. Da, wo immer der Besen stand. Ich verhielt mich mucksmäuschenstill.
Zuerst passierte gar nichts. Nach einer längeren Zeit hörte ich, dass meine Mutter nach mir rief. Keine Antwort von mir.

Sie lief nach draußen und rief meinen Namen. Ich ließ mir nichts anmerken. Mein Bruder kam in die Küche, und rief laut" Maiti, wo bist du!?" Nun fing die Sache an, für mich interessant zu werden. Das war ein Gerufe draußen und im ganzen Haus. Meine Mutter fing schon an zu weinen:
„Wo ist das Kind!?"

Heute wundere ich mich, dass ich es so lange, ohne mich zu rühren, ausgehalten habe. Ich wollte einfach nicht gesehen werden. Ich fand das wohl lustig, dass alle so aufgeregt waren, und das alles wegen mir. Ich glaube noch nicht einmal, dass ich gehustet oder geschnoben habe. Aber nach längerer Zeit hat meine Mutter mich entdeckt. Sie konnte sich gar nicht wieder beruhigen: „Warum hast du nichts gesagt!?"
Ich konnte ihr darauf keine Antwort geben. Jedenfalls waren alle froh, dass ich wieder da war. Ich freute mich wohl auch, dass ich wieder zu sehen war.

Und die Moral von der Geschicht, was spannend ist, vergisst du bis ins hohe Alter nicht.

Unsichtbar

Wenn ick an disse Geschicht` denk`, mutt ick vandaag doch würrelk smüstern. Ick wär `n lütjet Wicht, wo alt ick damals wär, weet ick ok nich mehr, viellicht so um de dree bitt veer Jahr alt.

Ick wull mi wall versteek`n un söchte mi een Platz an de Siet von uns Köök`nschapp ut, dar, wor alltiet de Bessen stunn.
Ick verhull mi muksmäuschenstill. Erst passeerte gar nix.
Na een länger Tiet, hörte ick, dat mien Mooder na mi raupen dä. Kien Antwort van mi.
Se lääp na buut`n und reep mien Nam`. Ick lät mi nix mark`n.
Mien Bröör quemm int Köök`n, un reep heel luut:
„Maiti, wor büst du!"

Nu fung de Saak an, för mi interessant to war`n. Dat wär en Geraup`vöör de Döör un int Huus. Mien Mooder fung all bald an to blaard`n: „Wor is dat Kind!"
Vandaag` wunner ick mi, dat ick dat so lang`, ohn mi to röög`n, utholl`n hebb. Ick wull eenfach nich, dat se mi seh`n dänn`n. Ick funn dat wall lustig, dat se all so upgeregt wär`n, un dat all weg`n mi! -
Ick lööv noch nich eenmal, dat ick hoost oder schnoob`n hebb. Aber na een langer Tiet hätt mien Mooder mi denn entdeckt. Se kunn sück he nich wer inkrieg`n: „Warum hest du nix seggt?" Ick wuß darup kien Antwort.
Jedenfalls wär`n se all blied, dat ick wer da wär. Ick freite mi wall ok, dat ick wer to seh`n wär.

De Moral van de Geschicht, wat spannend ist, vergetst du bitt int Oller nicht.

Nana

Diesen Namen hat Strukibein mir gegeben, als sie noch nicht richtig sprechen konnte. Wenn ich die Zeitung zu ihnen nach Hause brachte, versteckte sie sich immer. Ihr Opa sagte dann: „Hast Du Brunhilde nicht gesehen?"

Natürlich hatte ich sie schon längst gesehen, ließ es mir aber nicht anmerken. Ich lief dann durch die Küche und durch den Flur, und rief: „Bruni, Strukibein!"
„Ich kann sie nicht finden!"
Wenn ich sie dann entdeckte, gab es ein großes Geschrei.
Sie konnte sich darüber so freuen.

Meine Mutter nannte sie: „Mitti"
Ich tanzte zuhause oft bei Musik, fuchtelte dabei mit Handtüchern und Schals, herum, wie eine Tempeltänzerin.
Strukibein fand das lustig. Als sie etwas größer war, lachte sie sich dabei fast kringelig, rief dann nach meiner Mutter:
„Mitti guck mal, Nana spielt schon wieder verrückt."

Komischerweise wollte sie aber nie mit mir tanzen. Ich tanze noch heute für mein Leben gern. Ob Strukibein das Tanzen später noch gelernt hat, konnte ich nicht mehr verfolgen.

Nana

Disse Nam´ hett Strukibein mi geb´n, as se noch nich richtig proot` kunn. Wenn ick de Zeitung na hör Huus breng`n dä, verstook se sück ok alltiet.

Hör Opa sä denn: „Hest du Brunhilde nich seh´n?"
Natürlich har ick hör all lang seh`n, lät mi dat aber nich anmarken. Lääp denn dör Köök`n un Flur un reep:
„Bruni, Strukibein."
„Ick kann hör nich finn´n."

Wenn ick hör denn funn´ har, gaff dat`n groot Geschrei, se kunn sück daröverr alltiet so freie´n.
To mien Mooder sä se „Mitti".

Ick danzte tohuus faaker bi Musik, fuchtelte dabi mit Handook`n un Schaals herum, as een Tempeltänzerin.
Strukibein funn dat lustig.
As se all wat grooter wär, lachte se sück daröver kringelig un reep na mien Mooder:
„Mitti, kiek mal, Nana tiert sück all wer so!"

Komischerwies wull se aber nie mit mi danzen. Ick danz vandaag noch vör mien Lebe´n gern. Aff Strukibein laater noch dat Danzen lehrt hett, kunn ick nich mehr verfolgen.

Laterne, Laterne - Martini

In Ostfriesland ist das Sitte, dass die Kinder an Martin Luthers Geburtstag, am 10. November, mit Laterne von Haus zu Haus gehen, wenn es dunkel wird, und Martinilieder singen.

Dafür gibt es eine kleine Gabe,Pfeffernüsse und Bonbons, Schokolade, oder auch mal etwas Geld.

Ich hatte drei Freundinnen, Inge, Anneliese und Anni. Mit Inge und Anneliese konnte ich allzeit schön singen, zwei- und drei-stimmig. Anni konnte leider nicht so gut singen.

Meistens brummte sie mehr oder weniger. Darum wollten meine anderen beiden Freundinnen Anni beim Martinisingen nicht dabeihaben. Ich wusste nicht, wie ich es ihr beibringen sollte, mochte es ihr einfach nicht sagen.

Einige Tage vor Martini fing ich an, mit ihr zu streiten.
Ich wollte, dass sie einen Grund hatte, mit mir böse zu sein.
Wenn ich mir das heute betrachte, finde ich das gemein. Anni ließ sich dann tagelang nicht bei mir sehen. Wenn Martini vorbei war, vertrug ich mich wieder mit ihr. Bis heute habe ich ihr diese Geschichte nicht erzählt. Wenn sie sie einmal lesen sollte, wird sie mir wohl nicht mehr böse sein.

Später habe ich das dann wieder gutgemacht. Sie durfte mit, wenn wir uns verkleideten, mit einer Maske vor dem Gesicht, weil wir meinten, uns würde niemand erkennen. Dann hatten wir eine Schärpe um, worauf geschrieben stand: Sophia Loren, oder Grete Weiser oder so, einfach Stars.

Kipp-kapp-kögel - Martini

In Ostfreesland is dat Sitte, dat de Kinner an Martin Luthers Geburtsdag, 10. November, mit Kipp-kapp-kögel van Huus to Huus loop´n, wenn dat düster is, un singen Martinilieder.

Ick har dree Fründinn´n, Anni, Inge un Anneliese.
Mit Inge un Anneliese kunn ick alltiet moi sing´n, zwee- un dreestimmig.
Anni kunn leider nich rechtschaap´n sing´n, wenn, denn brummte se mehr oder minner. Darum wulln mien anner beid Fründinnen Anni bi dat Martinising´n nich dabiehebb´n.
Ick wuß nich, wo ick hör dat biebreng´n shull, kunn hör dat eenfach nich seggen.

Darum fung ick eenig Daag´ vör Martini Skandaal mit hör an.
Ick wull, dat se een Grund har, mit mi düll to wees´n.
Eegentlich wär dat ja gemeen, wenn ick dat mit mien Sinn´n vandaag` betrachten dau.

Aber Anni lät sück denn ok daagenlang nich bi mi seh´n.
Wenn Martini vörbi wär, verdroog ick mi wer mit hör. Bit vandaag´ hebb ick hör disse Geschicht noch nicht vertellt.
Wenn se de mal lesen deit, is se mi seeker nich mehr düll.

Aber laater hebb ick dat doch noch mal wer gautmaakt. Se dürs mit uns, wenn wi mit Schebellnskopp´n unnerwegs wär´n. Denn mit dat Verkleed´n wuß ja keeneen well sück da achter versteek´n dä, meenten wi jedenfalls.
Denn wär´n wi mit een Schärpe um uns Lief, wor upschreeb´n wär, Grete Weiser, Sophia Loren oder so, up Stapp.

Lied (Martini-Liederbuch):

Mit unserer Laterne kommen wir an,
jeder singt, wie er nur singen kann.
Martinsabend, das ist eine Zeit,
da werden wir alle Äpfel los.
Wegen der Äpfel ganz allein,
sind wir nicht nur auf den Beinen.
Wir feiern unsern Luther hoch,
dem Papst in Rom die Krone abflog.

Martini-Lied:

Mit Kipp-kapp-kögel kommt wi an,
elk singt wat he man sing´n kann .
Sünnermartens abend dat is een Tiet,
da wor´n wi ´n heel büld Appels quit.
Man um de Appels nich alleen,
sünd wi vernaab´nd all to Been.
Wi fier´n unsern Luther hoch,
de Papst in Rom de Kroon affflog,
usw.

In der Schule in Timmel

In unserer kleinen Dorfschule war immer etwas los. Es war eine zweiklassige Volksschule, kleine Klasse, große Klasse. Das erste bis vierte Schuljahr ging in die kleine Klasse und das fünfte bis achte in die große Klasse.

Als ich eingeschult wurde, konnte ich fast kein Wort in Hochdeutsch. Erst nachdem Kinder aus Schlesien und Ostpreußen als Flüchtlinge zu uns kamen, lernten wir beim Spielen schnell die hochdeutsche Sprache.

Unser Lehrer konnte unser Platt nicht sprechen. Er legte viel Wert auf die hochdeutsche Sprache. Wenn wir nicht genau wussten, ob es zum Beispiel mit die oder der Katze heißen heißen musste, sollten wir bei den Hausaufgaben, eine Lücke lassen. Unser Lehrer wartete am nächsten Morgen hinter seinem Pult auf uns, bevor die Schule anfing. Damit er das noch mit uns üben konnte. „Mit …Katze,“ die oder der.
Er wurde böse, wenn wir etwas Falsches geschrieben hatten, ohne eine Lücke zu lassen um ihn zu fragen.
Dann stand eine Strafarbeit an.

Unser Lehrer hieß mit Vornamen Friederich, aber wir nannten ihn Fidi, davon wusste er natürlich nichts.
Deutsch war bei mir später kein Problem, ich kannte mich mit den so genannten Verhältniswörtern gut aus. Ich wusste genau, ob es die oder der Katze hieß.
Manchmal ließ ich einfach eine Lücke und stellte mich dumm, weil ich auch mal von Fidi gelobt werden wollte. Ich hatte daran meine Freude, und er war auch glücklich.

In de School in Timmel - „Fidi"

In uns lütje Dörpschool wär alltiet wat los. Dat wär´n twee-klassig Volksschool. Lütje Klass´ un de grood´ Klass´.
Dat erste bit veerde Jahr gäng´n in de lütje un dat fiefte bit achte Jahr gäng´n in grood´ Klass.

As ick in de School quem, kunn ich hast keen Wort hoch-dütsch. Erst as de Kinner ut Schlesien un Ostpreußen als Flüchtlinge bi uns ansässig wurd´n, lernten wi biet´t Spööl´n gau hochdütsch. Uns Mester kunn kien Platt. He leggte vööl Wert up de dütsche Spraak. Wenn wi nich genau wussen, aff dat mit, ton Biespiel, die Katze oder der Katze heet´n muß, sulln wi in de Satz biet´t Schrieven en Lücke laat´n.

Denn wachte he mörgens, wenn de School noch nich richtig anfang´n wär, achter sien Pult up uns, damit he dat noch mit uns üben kunn. „Mit... Katze," warum die oder der.
Wehe dem, wenn wi wat verkehrt schreven harn, ohn hum to fragen, denn har de´n Uul seet´n.
Strafarbeiten stunn´n denn an.

Uns Mester heete Friederich, aber sien Spitznahm wär „Fidi".
Dat wuß he natürlich nich. Dütsch wär laater bi mi kien Problem. Ick kennte mi mit de Verhältnisword´n gaut ut.
Ok wenn ick wuß dat dat die oder der Katze heeten dä, leet ick mennigmal en Lücke, stellte mi enfach dumm, weil ick ok mal van Fidi en Lob hemm´m wull. Ick har mien Freide daran, un he wär ok glückelk. Gedichte kunn ick wunnerbar mit mit Betonung upseggen, aber wenn ick mi meld´n dä, nahm he well anners dran. Dat mok mi besünners düll.

Gedichte konnte ich wunderbar mit Betonung aufsagen. Aber wenn ich mich meldete, zeigte er meistens auf ein anderes Kind. Das machte mich wütend. Eines Tages besuchte ich mit meiner Mutter eine Tante in Großefehn. Hatte vergessen, mein Gedicht auswendig zu lernen. Am nächsten Tag, beim Aufsagen der Gedichte, zeigte er auf mich, auf mich!!

Wo ich schon gar nicht mehr daran geglaubt hatte. Da stand ich nun vor dem Pult, und konnte keinen Vers davon aufsagen. „Hast du dein Gedicht nicht gelernt?"
„Nein, habe ich vergessen."

Heulend ging ich wieder in meine Bank zurück, hätte es doch zu gerne aufgesagt. Wann würde ich nun wohl erst wieder drankommen.
Zur Strafe musste ich es auch noch mehrmals aufschreiben. Das fand ich ungerecht. Wenn Fidi böse wurde, bekamen wir einen Boxhieb auf den Oberarm. Richtig weh getan hat es aber nicht, es war mehr ein Anstoß.

Einmal haben wir mit ein paar Kindern sämtliche Stachelbeerbüsche des Nachbarn leergepflückt. Das wurde unserm Lehrer zu getragen. Wir mussten zu dem Bauern und uns entschuldigen.
Als ich der Bäuerin meine Hand gab, hatte ich Gewissensbisse und fing an zu weinen.
Sie sagte: „Ach mein Kind, höre auf, sonst muss ich auch noch weinen." Meine Entschuldigung ging ihr so zu Herzen.

Von der Geschichte bekam ich Bauchschmerzen, und von meiner Mutter auch noch einmal Schimpfe.

Eenes Dages wär ick mit mien Mooder up Versiet´, har vergeet´, mien Gedicht to lehr´n . De anner Dag wieste Fidi up mi, up mi!!!

War ick da all he nich mehr an löövt har. Da stunn ick nu vör dat Pult, un kunn nix darvan upseggen.
„ Hast du das Gedicht nicht gelernt?"
„Nein, vergessen."

Ick satt in mien Bank to blaar´n, wiel ick dat doch so gern up-seggt har, wennher wür ick nu wall erst wer drankomm´m.
Ton Straf muß ick dat denn ok noch mehrmals affschieven, dat funn ick ungerecht.

Wenn uns Mester Fidi düll wär, kreg´n wi een oxhieb up uns Boverarm, sehr daaan hett dat egentlich nich.

Enmal hemmt wi mit´n paar Kinner bi uns Naabers de heele Krüsbeernbüsche leechplückt. Dat wur uns Mester gewahr, un wi mussen na de Buur un Affbitte daun.

Als ick de Naabersche mien Hand gaff, fung ick an to schnü-ckern, un se sä „Ocheer, mien Kind, nu hör man up, anners mut ick ok noch brulln."

Dat gäng hör to Harten. Van de Geschicht kreeg ick Liefpien un van mien Mooder ok noch Schell´ns .

Mien Fründin un ick sträulchten Abends meest noch´n bietje dört Döörp, in Schummerdüster. An en Abend, wi wärn wall all so 13 Jahr, sachen wi Mester Fidi na de School henloop´, mit Book´n unnert Arm.

Meine Freundin und ich sträulchten abends meistens noch ein bischen durch unser Dorf. So im Schummerdunkel. An einem dieser Schummerabende, wir waren wohl so dreizehn Jahre alt, sahen wir unsern Lehrer, der wohl in der Schule noch etwas zu tun hatte, denn er hatte einen Stapel Bücher unterm Arm.

Wir krochen hinter einen Busch, und sangen:
„Friederich, wenn du es bist, der mich nachts im Traume küsst." (Schlager von damals.) Fidi schmiss seinen Kopf nach allen Seiten, wir konnten nicht mehr aufhören zu lachen.
Dann sangen wir es noch einmal. Er hat wohl unsere Stimmen nicht erkannt, hatten sie auch verstellt.

Auch die etwas größeren Jungen hielten ihn manchmal zum Narren. Einmal meldete sich spontan ein Schüler. Fidi hatte gute Laune und fragte überaus freundlich:
„Na Manfred, was hast du auf dem Herzen?"
Manfred: „Herr Lehrer, ihr Schlips sitzt schief."

Da war es mit der guten Laune von Fidi vorbei, so einen Spaß vertrug er nicht. Er bellte Manfred ärgerlich an, und räusperte sich laut.

Zu Weihnachten führten wir immer ein Theaterstück auf.
Das mochten wir gerne, und ich durfte dann auch mal endlich ein Gedicht aufsagen, schön mit Inbrunst und Betonung.
Aber noch lieber wollte ich das Christkind spielen. Doch dieser Wunsch wurde mir verwehrt. Jedesmal, wenn er die Rollen verteilte, klopfte mein Herz, aber dann zeigte er wieder auf ein anderes Mädchen. Wieder einmal wurde es Weihnachten, und Fidi verteilte die Rollen.

Wi kroop´n achter een Busch, un sung´n: „Friederich, wenn du es bist, der mich Nachts im Traume küsst.“

Fidi smeet sien Kopp na all Sied´n un wi guffelten uns een. Kört vör de School sungen wi dat noch mal.

To weet´n kreg´n wi dat nich, aff he uns erkannt har.
Ok de grood´ Jungs hulln hum mennigmal ton Narren. Enmal melde en Schöler sück, un Fifi har ´n good´ Luun:
"Na, Manfred, was hast du auf dem Herzen?“
Manfred: „Herr Lehrer, ihr Schlips sitzt schief.“

Dar wär datmit de goode Luun van uns Mester vörbi, he kunn kien Spaß verdraag´n, un he bölkte de Jung an.

To Wiehnacht´n spöölten wi ok alltiet Theater, Dat muchen wi gern. Endlich dürs ick denn ok mal´n Gedicht upsegg´n.
Aber noch leever wull ick dat Christkind spööl´n. Aber dat dürs ick nich. Wenn he sien Rull´n verdeel´n dä, kloppte mien Hart. He wieste denn aber wer up en anner Wicht.

Wer wur dat Wiehnachten, un Mester Fidi verdeelte de Rull´n. Up enmal, as ick dar all he nich mehr an dacht har, wieste sien Finger up mi, up mi!!

Ick shull dat Christkind spööl´n. Ick fung an to schnückern, wiel ick kien Flechten mehr har, mien Haar wär kört aff-schneed´n, `n Christkind mit´ Bubikopp?!

„Ich will das nicht, ein Christkind hat langes, welliges Haar, das geht nicht.“

Auf einmal, als ich daran schon gar nicht mehr gedacht hatte, zeigte er auf mich, auf mich !!

Ich sollte das Christkind spielen. Ich fing laut zu weinen an, weil ich keine Zöpfe mehr hatte, meine Haare waren abgeschnitten und kurz.

„Ein Christkind mit einem Bubikopf, das will ich nicht!"

„Das Christkind hat langes, welliges Haar, das geht doch nicht."

Aber Fidi bedauerte mich und meinte, seine Tochter würde mir einen Schleier mit Funkelband zurecht machen.

Am nächsten Tag sollte ich mir das abholen.

Dann nahm ich die Rolle an.

Als ich da am nächsten Tag klingelte, sagte ich ganz fröhlich: „Moin!"

Er erwiderte meinen Gruß nicht, und am nächsten Tag in der Schule ahmte er mir das „Mooin" so richtig lang gezogen nach, blamierte mich damit vor der Klasse:

„Das heißt nicht mooin, sondern guten Tag!"

Ich hätte mich am liebsten unter meiner Bank verkrochen.

Von dem Tag an war mir klar, Plattdeutsch ist etwas Minderwertiges, und minderwertig wollte ich nicht sein. So kam ich mit der Zeit zu einem gepflegten Hochdeutsch. Aber zu hohen Ehren bin ich damit nicht gekommen. Vor einigen Jahren habe ich dann mein geliebtes Platt wieder aus dem Versteck geholt. Ich will dafür sorgen, dass es nicht untergeht!

Heute sage ich: „Proot man platt, aff schaad ´di watt." Moin!

Mester Fidi bedurte mi, un meente, sien Dochter wull mi en moi Schleier mit Funkelband torechtmaak´n. Ick shull mi dat an de anner Daag affhol´n. Denn nahm ick de Rull an.

An de anner Daag, as ick bi Fidi klingeln dä, sä ick heel bliede „Moin!" He sä nix. Aber in de School ahmte he mi dat „Mooiin" so richtig na un blemeehrte mi vör de heele Klass´.

„Das heißt nicht moin, sondern guten Tag!"
Ick har mi am leevsten unner de Bank verkroop´n.
Van de Daag an wuß ick, Plattdütsch is wat Minnerwärtiges, un minnerwärtig wull ick nich wesen!

So gewöhnte ick mi denn ´n gepflegt Hochdütsch an. Aber to hoch Ehren bün ick darmit ok nich komm´m.

Vör eenig Jahrń hebb ick mien mor Plattdütsch wär ut mien versteek holt, un sorg´ nu davör, dat da nich unnergeiht.
Vandaag´ segg ick: „Proot man platt, aff schaad´ di wat."

Un de Moral van de Geschicht:
Vergeet dien Mooderspraag nicht! - „Moin!"

Fenstergucker

Für meine Freundin und mich war das – in andere Fenster gucken- einfach spannend. Statt wie heute, vor dem Fernseher, sahen wie lieber nahe. Das machte auch viel mehr Spaß, weil wir ja selbst beteiligt waren.

In den Wintermonaten, November, Dezember und Januar, wenn es Abends früh dunkel wurde, machten wir uns auf den Weg. Die Leute hatten damals keine Schallosetten vor den Fenstern, die Übergardinen waren oft auch nicht zugezogen, so konnten wir in andere Küchen schauen.

In der guten Stube saßen alle nur an Feiertagen, weil auch der Torf zu knapp war, in den anderen Zimmern war es lausig kalt.
Die Leute lasen am Abend in der Zeitung oder sie saßen da, und hatten die Füße im Bratofen. Manche dösten auch nur so vor sich hin. Fernseher gab es damals noch nicht, und das Radio brachte alle Sender auf einmal, weil die Antennen noch nicht so perfekt waren. Ich wurde jedes Mal wütend, wenn ich mein Lieblingslied dazwischen hörte und den Sender nicht klar einstellen konnte.
Also, die Leute, die wir durch das Fenster beobachteten, stopften auch Strümpfe und strickten Socken oder Unterjacken aus reiner Schafwolle, Männer strickten und nähten natürlich nicht. Die saßen einfach nur so da, rauchten Pfeife, und Tee wurde am Abend auch noch einmal getrunken. Reine Schafwolle wurde gegen Strickgarn eingetauscht.

Wir sammelten auch die Schafwolle, die an Stacheldrähten hängen geblieben war.

Fensterkiekers

För mien Fründin un mi wär dat Fensterkiek´n eenfach spannend. Statt as vandaag´dat Fernsehen, keek´n wi nah.
Dat maakte ok vööl mehr Spaß, wiel wi ja sülmst beteiligt wär`n.

In de Wintermont´n, November, Dezember un Januar, wenn dat Abends froh düüster wur, na dat Abendeet´n gäng´n wi los. De Lüh har´n ja noch kien Schallosien vör hör Fensters, de Övergardinen wärn faaker ok nich tootrucken, so kunn´n wi moi int Köök´n rinkiek´n.

In de goode Stuuv satten all bloß an de Fiedaag´n, wiel de Töörf mennigmal knapp wär, in de anner Kammers wär dat luusig kalt. De Lüh wär´n ant Zeitung lesen, har´n Foot`n int Braatobend, döösten ok mal vör sück hen. Fernsehen gaff dat ok noch nich, un int Radio spöölten meest all Senders upeenmal, wiel de Antennen noch nicht so perfekt wär´n. Ick wur düll, wenn mien leevste Lied spöölt wur, un ick kunn de Sender nich klar instell´n.

Also, de Lüh de wi döör dat Fenster bekeek´n, stoppten ok Strümp´n, strickt´n Socken un Bostrocken ut rein Schaapwullgarn. De Mannslüh strickten un neihten natürlich nich, de satten bloß so dar, rookten Piep, un Tee wur Abends ok noch mal drunk`n.
De Schaapwull wur teeg´n Garn intuscht. Wi sammelten ok de Schaapwull, de ant Stiekelwirr hangenbleven wär. Vör dat Garn, dat wi daför kreeg´n, strickten wi und allerhand, Socken, Schals, Hanschen, Pullover, dat lernten wi in de Handarbeits-stünn´n.

Für das Garn, das wir dafür bekamen, strickten wir uns schon allerhand. Schal, Handschuhe, Socken, Pullover, das lernten wir in der Handarbeitsstunde. Manchmal saßen die Leute auch in der Küche und sangen. Wir standen dann unter dem Fenster, und kicherten.

Wenn wir mal Pipi machen mussten, gingen wir erst gar nicht nach Hause, dann hätten wir nicht mehr raus gedurft.
Also, schnell hinter einem Busch oder hinter einem Misthaufen. Ein Höschenbein zur Seite und dann strullerten wir los. Manchmal hatten wir uns den Strumpf naß gepinkelt, das war unangenehm. Strumpfhosen gab es auch noch nicht, sondern Wollstrümpfe, selbst gestrickt, und Hüftgürtel mit Strumpf-bändern. Wenn wir keine Lust mehr aufs Fenstergucken hatten, klingelten wir oder klopften tüchtig ans Fenster, und nichts wie schnell weg!

Einmal stand hinter einem Haus auf einmal ein Mann und rief: „Halt!"
Sieh, da stehen ein paar Mädchen vor mir.
„Nun habe ich einmal erwischt."

Wir quetschten uns an ihm vorbei und nichts wie weg!
Da ließen wir uns in der nächsten Zeit nicht wieder sehen.
Am Sylvesterabend war es besonders spannend. Eine Familie saß in der guten Stube, lasen aus der Bibel und sangen Kirchenlieder. Das kannte ich von zuhause aus nicht.
In einer Stube lag eine Frau auf dem Sofa, der Mann saß daneben, sie knutschen miteinander. Das war vielleicht spannend.
Damals dachten wir noch, vom Küssen bekommt man ein Kind.

Mennigmal satten de Lüh ok int Köök´n to sing´n. Wi stunn´n dann unner dat Fenster un guffelt´n. Wenn wi mal Pipi maak´n mussen, gäng´n wi erst gar nich na Huus, denn harn wi nich wer rutdürst. Gau achter een Busch oder een Meersfolt.
Een Büxenbeen bi de Siet, denn strullt´n wi los. Mennigmal har´n wi uns Strümp nattstrullt, dat wär en unangenehm Geföhl. Strümpbüxen gaff dat noch nich, blos Wullstrümp´n, sülmstgestrickt, Hüftgürtel un Strümpbänder.

Wenn wi kien Lüst mehr up´t Fensterkiek´n har´n, klingelten wi, oder kloppten düchtig int Fenster. Denn nix as weg!
 Eenmal stunn achtert Huus ´n Mann, he reep:
„Halt!“
Kiek, da stahnt ´n paar Wichter vör mi.
„Nu hebb ick jo endlich mal erwischt.“

Wi quetschten uns an hum vörbi, un nix as weg. Dar lät´n wi uns in de nächte Tiet nich wer seh´n.

Ant Alljahrsabend wär dat besünners spannend. Een Familie satt in de goode Stuuv, leeste in de Bibel un sung´n Karkenlieder. Dat kennte ick van mien tohuus nich.

In een Kammer lag een Frau up dat Sofa, de Mann satt teeg´n hör, se duutjeten mitnanner. Dat wär viellicht spannend!
Damals dachten wi noch, van een Kuß kunn man een Kind krieg´n. So upgeklärt, as vandaag´de Kinner, wär´n wi noch nich. As wi bi dat Liebespaar düchtig ant Fenster kloppten, stob´n se vör Schreck utnanner. Wi wär´n mal wer gau verschwunn´n. Mit Taschenlücht wär´n se achter uns an.
Aber wi wärn int Verstopp´n un Rennen de reinste Profis.

Wir waren nicht so aufgeklärt, wie die Kinder heute. Als wir bei dem Liebespaar tüchtig ans Fenster klopften, stoben sie erschrocken auseinander. Wir waren einmal wieder schnell verschwunden. Mit einer Taschenlampe waren sie hinter uns her. Aber wir waren im Verstecken und im Rennen, die reinsten Profis.

Am Neujahrsmorgen kam es manchmal vor, dass Fahrräder und Pforten in Bäumen hingen, auch andere Geräte. Deshalb mussten die Leute am Sylvester, bevor es dunkel wurde, alle Geräte unter Schloss und Riegel bringen.
Heute sind die Streiche der Kinder nicht mehr so harmlos. Eigentlich schade.

Und die Moral von der Geschicht: Den Spaß, den wir als Kinder hatte, haben die Kinder von heute nicht. -

Ant Neejahrsmörg´n käm dat mennigmal vör, dat Fahrraad´n un Poort´n in een Boom hung´n, ok anner Gerätschupp´n.

Darum mussen de Lüh ant Altjahrsabend, bevör dat düüster wur, sämtliche Geräte achter Schloß un Riegel breng´n.

Vandaag´ sünd de Streiche van de Kinner nich mehr so harmlos, eegentlich schaad´.

Un de Moral van de Geschicht: De Spaaß, de wi as Kinner harn, hemmt de Kinner van Vandaag´ seeker nich.

Der Krieg ist aus

Ich war fünf Jahre alt, als Tag für Tag Flugzeuge über unsern Kopf hinwegbrummten. Aber ich bin im Krieg geboren und wusste das ja nicht anders.

Eines Tages bekamen wir Bescheid, mit einigen wichtigen Sachen unser Haus zu verlassen. Wir sollten uns für einige Tage in den Meeden aufhalten, weil ein Angriff auf Timmel geplant war und Sprengungen und so weiter.
Mit Handwagen, Hab und Gut, und einem Zelt, zogen wir los. Meine Mutter buddelte an einem Wall ein Loch, um ihren Schmuck dort zu verstecken, und machte ein Zeichen dabei, damit sie ihn später wieder finden würde.
Ich kann mich daran erinnern, dass wir uns dort mehrere Tage aufhielten.

Wir durften nicht raus und das war langweilig. Aber an einem dieser Tage spielte ich an einem voll mit Wasser gefülltem Graben, fand da ein Kännchen aus Porzellan, das mit bunten Blumen bemalt war. Das habe ich bis heute nicht vergessen. Aber an die anderen Tagen dort kann ich mich nicht mehr erinnern, sie sind mir total aus dem Gedächnis gefallen, sonderbar.-

Dann kam der Tag, wo wir mit unserem Handwagen wieder ins Dorf zogen. Unterweg schrie´n die Leute uns entgegen: „Der Krieg ist aus!"
Ich sollte über einen Graben springen, sprang aber nicht herüber, sondern hinein. Ich war nass wie eine Katze und lief heulend hinter dem Handwagen her.

Krieg is ut

Ick wär fief Jahr alt, as Daag vör Daag de Flegers över uns Kopp weg brummten. Aber ick bün in`t Krieg gebor´n un wuss dat ja nich anners.

Eenes Daag´s kreeg´n wi Bescheed, mit wichtige Saak´n, uns Huus to verlaat´n, un uns in de Meeden eenig Daag´n upto- holl`n, wiel een Angriff up Timmel plaant wär, Sprengungen un so wieder. Mit een Handwagen und Hab un Gut, een Telt, trucken wi in de Meed`n.

Mien Mooder hätt denn ant Wall ´n Lock buddelt, un hör Schmuck verstook´n. `N besünner Teek´n hätt se da achter- laat`n, damit se dat laater werfinnen kunn. Ick kann mi daran erinnern, dat wi dar mehrere Daag´n haust hemm´m.
Wi dürsten nich rut und dat wär langwielig.

Aber an een van de Daag`n hebb ick an een Schloot spöölt, de vull van Water wär, dar funn ick tatsächlich een lütje Kannje ut Porzellan, mit bunte Blömm´m bemalt.

Dat hebb ick bit vandaag´ nich vergeet´n, aber de anner Daag ´n sünd mi ut mien Gedächnis fall´n, sünnerbar. Denn quemm de Dag, wor wi mit uns Handwagen weer int Döörp trucken sünd, na uns Huus.

Unnerweg´ns bölkten de Lüh uns to: „De Krieg is ut!"
Ick shull över´t Schloot spring´n, schaffte dat aber nich un sprung de miernd in, wär klitschenatt, as een Katt.
Lääp blaad´nd achter´t Handwagen her.

Auch das ist noch in meiner Erinnerung.

In unserem Haus wohnten die „Tommis", Matratzen lagen auf dem Fußboden, und unsere Katze hatten sie dick und fett gefüttert. Ins Haus durften wir nicht, uns wurde ein Zimmer bei den Nachbarn zugewiesen. Meine Mutter war darüber am jammern.

Dort wohnte ein älteres Ehepaar und die wollten um Punkt 12 Uhr ihr Mittagessen einnehmen. Meine Mutter musste Abends kochen, das gefiel ihr ganz und gar nicht. Für mich war das alles spannend, auch dass wir in einer Butze schlafen mussten, mit Kerzenlicht und Nachttopf auf einem Bord.

Meine Mutter hat ihren Schmuck nie wieder gefunden, mehrmals hat sie am Wall danach gesucht, leider vergebens.
Neulich hatte ich einen Traum und sah genau die Stelle am Wall, aber ich will danach nun nicht mehr suchen.
Wenn da einmal gebaut wird, kommt er vielleicht wieder zum Vorschein. Bis dahin liegt er dort sicher und trocken.

Dat is ok noch in mien Erinnerung.

In uns Huus hausten de „Tommis", Matratzen lägen up Deel, un uns Katt harn se dick un fett füttert. In uns Huus kunn´n wi nich, mussen bi de Nabers wohnen.

Mien Mooder wär daröver ant jammern. Dat wär´n oller Ehepaar, de hör middageeten um Punkt 12 innehm´m wulle´n, mien Mooder muss Abends kook´n, dat gefull hör heel un dall nich. För mi wär dat all spannend. Wi mussen sogar in een Buzze slaapen, mit Kersenlücht und Nachtpott up de Boort.

Mien Mooder hät hör Schmuck noid weerfunn´n. Mehrmals hät se ant Wall dana söcht, leider vergebens. Neelich sach ick in mien Drööm tatsächlich de Steel in de Wall, aber ick will darna nu nich mehr söök´n.

Wenn dar mal baut ward, kummt de viellicht wer to´n Vörschien. Bit dahen liggt de da seeker un dröög´.

Die „Timmeler Autoren" Anita Rabenstein, Focke H. Löschen und Hans-Jürgen Sträter bei der 1111-Jahrfeier von Timmel am 24. Juli 2011

Zur Autorin

Anita Rabenstein wurde am 07.01.1940, in Cäciliengroden, Kreis Friesland geboren.

Wegen der Kriegswirren lebte sie teils bei der Mutter und bei einer Tante in Timmel, Kreis Aurich.

Sie schreibt seit ihrem 40. Lebensjahr täglich Tagebuch. Vor etwa 20 Jahren begann sie mit Alltagsgeschichten in Hoch- und Plattdeutsch. Seit einigen Jahren veröffentlicht die Wilhelmshavener Zeitung ihre plattdeutschen Texte.

Die Schublade von Frau Rabensteinist prall gefüllt, alle Geschichten passierten im Laufe ihres Lebens.

Ursprünglich wurde sie in Kinderpflege und Heilerziehungspflege ausgebildet.

Dann absolvierte noch ein Fernstudium in Belletristik und Grenzwissenschaften.

Auch während ihrer Zeit als Hausmädchen, Ehefrau und Mutter dreier Töchter, Taxifahrerin, Fabrikarbeiterin, Putzfrau, Spielkreisleiterin Kranken- und Altenpflegerin hatte sie viele Erlebnisse mit den unterschiedlichsten Menschen und ihren Einstellungen. Heute lebt sie in Wilhelmshaven.

Eine Erkrankung zwang sie, ihren Berufsweg frühzeitig zu beenden.

In ihrer Freizeit bringt sie in der Reha-Klinik und bei kleinen Feiern die Geschichten zu Gehör und lockert diese mit der Musik ihrer Gitarre und Zieharmonika auf.

Bei Radio Jade moderierte sie einige Jahre „Een Stünn up Platt", mit plattdeutschen Nachrichten. Mit ihrem zweiten Buch öffnet sie erneut ihre Schublade für die Öffentlichkeit.

„Dat is ok noch in mien Erinnerung".

Das Geheimnis des Timmeler Frauenmeeres

Rätselhafte Erscheinungen aus der Tiefe

von Focke H. Löschen
Hans-Jürgen Sträter

120 Seiten, € 9,90
ISBN: 9783735750761
Adlerstein Verlag Wiesmoor

Focke H. Löschen

Das Geheimnis des Timmeler Frauenmeeres

Rätselhafte Erscheinungen aus der Tiefe

Ostfriesland ist voller Schönheit und Geheimnisse.
Angeregt durch eine Schottlandreise und das „Loch Ness" greift Focke H. Löschen die uralte Legende vom Timmeler Frauenmeer auf und verzeaubert den Leser mit seiner spannenden Fantasy-Story.

Ein Senfkorn für die Welt

**Die Glaubensfrüchte des Kinderpredigers
Jonas Eilers aus Timmel in Ostfriesland**
von Hans-Jürgen Sträter

60 Seiten, € 5,00
ISBN: 9783981419566
Adlerstein Verlag Wiesmoor

Warum ist es in Ostfriesland so schön?" Auf diese Frage werden Urlauber und Menschen, die hier ihre neue Heimat gefunden haben, manche Antworten geben.
Da wird die Natur erwähnt und dass man nirgends so viel Himmel sehen kann, wie hier im Nordwesten Deutschlands. Und dass die Bevölkerung sehr herzlich, freundlich und hilfsbereit ist, das wird ebenfalls oft als Antwort gegeben. Ist man also dem „Himmel" in Ostfriesland auch etwas näher und was hat das "Himmelreich" mit einem Senfkorn zu tun?! Gehen wir da doch einmal auf Spurensuche: 1710 gründete ein zehnjähriger Junge einen Senfkornorden in den Franckeschen Stiftungen in Halle an der Saale. Daraus wurde ein prächtiger Baum - die Herrnhuter Brüdergemeine von Nikolaus Ludwig Graf von Zinzendorf mit einer weltumfassenden Bewegung und auch heute werden seine Lieder noch gerne gesungen. Dagegen ist die Geschichte des zehnjährigen Jonas Eilers (1768 - 1778) fast völlig unbekannt. In der kleinen Dorfkirche "Peter und Paul" in Timmel/Ostfriesland hängt eine Gedenktafel, die an diesen Kinderprediger erinnert und auch sein Seelsorger, Pastor Heinrich Rudolph Taute, hat seinerzeit einen Bericht über das Leben und Sterben dieses kleinen Missionars geschrieben. Anschließend hat dieser Pietist und Pastor Taute eine "Partikulargesellschaft der Deutschen Christentums-gesellschaft" gegründet und kurze Zeit danach entstand mit seinem Freund und Nachbarn, Pastor Georg Siegmund Stracke aus Hatshausen, 1798 die "Missionssocietät zum Senfkorn" (den ältesten Missionsverein Deutschlands) unter dessen Leitung. Pastor Stracke hatte seinerseits wieder enge Kontakte zu "Zinzendorfers" Herrnhut, wo er auch Pastor Johann Jänicke kennenlernte, der 1799 die Berliner Mission gründete. Unsere kleine Dokumentation "Ein Senfkorn für die Welt" möchte zeigen, wie sich die kleine Aussaat unter dem "ostfriesischen Himmel" bis in die Gegenwart zu einem wunderbaren Glaubensbaum entwickeln konnte. Der Evangelist Johannes berichtet, dass Jesus bei der Speisung der 5000 die Gabe eines Kindes (5 Brote und 2 Fische) nahm und die Menschen sättigte. (Joh. 6, 9.) Hat sich diese "Speisung" bei den Ostfriesen in ähnlicher Form wiederholt und die Menschen so geprägt, dass wir das auch heute noch wahr nehmen können? „Man sieht nur mit dem Herzen gut" sagte der „kleine Prinz" von Saint Exupery. Unser Buch möchte hier die Zusammenhänge, Hintergründe und Auswirkungen des Lebens des „kleinen Prinzen Ostfrieslands" Jonas Eilers sichtbar machen. Lasst uns darüber wieder staunen lernen, wie ein Kind...